KB233635

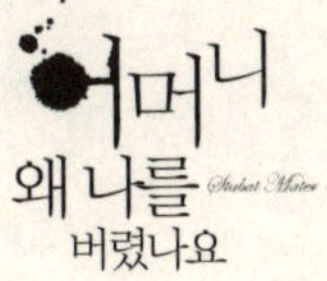

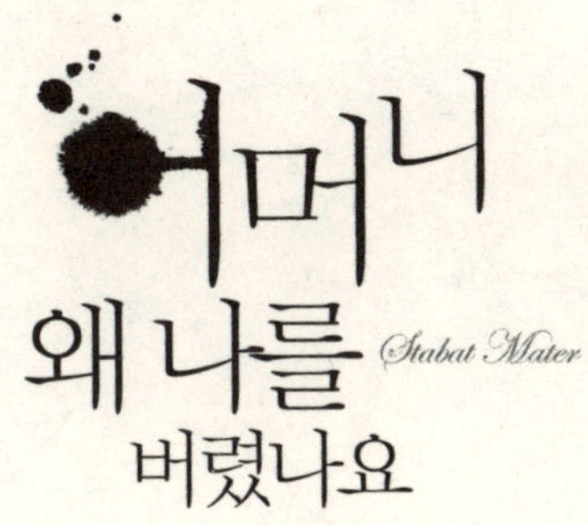

어머니 왜 나를 버렸나요

Stabat Mater

티치아노 스카르파 지음
서대원 옮김

인디북

역자 **서대원**

로마 그레고리오 대학에서 철학을 전공했다. 로만 가톨릭 필그림센터(ASPEC)를 운영하고 전 세계의 가톨릭 성지를 순회하며 성지 프로그램을 개발하고 성지 순례단을 조직해왔다.

가톨릭청소년 문화원에서 국제 문화교류를 담당하며 청소년들의 해외 문화체험을 위한 기획과 행사를 주관해왔다.

현재는 프리랜서 번역가로 활동하고 있으며 역서로는 '그리고 사랑을 이야기 하자구나' '엄마가 깨워도 안 일어나는 방법' 외 다수의 종교관련 서적들이 있다.

어머니 왜 나를 버렸나요

1판 1쇄 인쇄 | 2011. 7. 5
1판 1쇄 발행 | 2011. 7. 10

지 은 이 | 티치아노 스카르파
옮 긴 이 | 서대원
펴 낸 이 | 박옥희
펴 낸 곳 | 도서출판 인디북

표지 디자인 | 정계수
본문 디자인 | 이인선
관리 | 길은자 문정선

등 록 일 자 | 2000. 6. 22
등 록 번 호 | 제 10-1993호
주   소 | 서울시 마포구 용강동 469 하나빌딩 2층
전   화 | 02)3273-6895
팩   스 | 02)3273-6897
홈 페 이 지 | www.indebook.com
             cafe.naver.com/indeworld

ISBN 978-89-5856-131-6 03880

* 잘못 만들어진 책은 구입처나 본사에서 교환해 드립니다.

어릴 때 내가 처음으로 선물 받은 LP판은 클라우디오 시모네의 '이 솔리스티 베네티'가 연주한 '사계'였다. 지금 나의 집에는 비발디 콤팩트디스크가 200장이나 있다. 나에겐 비발디를 비롯해 그의 음악을 연주했던 고아소녀들과 연결되는 또 다른 뭔가가 있다. 나의 유년시절이나 출생에 그들과 연결되는 뭔가가 있는 것이다.

1960년대의 베네치아 시립병원 산부인과 병동은 중세에 피에타 고아원 본부로 쓰던 건물이었다. 나는 바로 그 건물 안 어떤 방에서 태어났다. 비발디가 그의 제자들을 위해 수많은 협주곡과 성음악을 작곡했고, 그들을 가르치며 지휘했던 바로 그 방인 것이다.

내게 이런 우연의 일치는 운명에 대한 일종의 경고였고, 내 환상의 은밀한 뿌리였으며, 나와는 다른 사람들을 통해 생각하도록 나를 이끌었다. '넌 너를 사랑한 부모님이 있는 가정에서 성장했지만

누구든지 고아가 될 수 있어. 너는 재수 좋게 피해 갔을 뿐이야. 네가 버려졌다고 한번 상상해 봐.'

오래 전부터 내가 좋아하는 작곡가의 음악과 그의 제자들의 슬픈 운명을 조명하고 싶었다. '피에타'는 베니스공화국의 네 개의 재단 중 하나였다. 이 재단들은 어린 여자 고아들을 양육하고 교육시켰으며 그들이 직업과 사회정착 기회를 갖도록 했다. 고아소녀들은 결혼을 하면 비로소 사회로 나올 수 있었고 음악을 가르칠 수 있는 자격을 부여받았다. 그들 중 일부는 이 재단들이 운영하는 오케스트라의 단원으로 남았다. 이 오케스트라는 고아원의 유지를 위해 일반 시민과 독지가, 자선사업가들에게 도움을 호소했다. 피에타의 연주자들은 그들의 완벽한 연주 실력으로 전 유럽의 관심을 받았다. 특히 작곡가 안토니오 비발디 신부가 엄청난 창조력으로 이 오케스트라를 위해 곡을 썼던 수십 년 동안은 더욱 많은 관심을 받았다. 우리는 비발디의 음악을 들으며 그 음악들이 여성 연주자들을 위해 작곡되었다는 사실을 떠올리지 못한다. 피에타의 연주자들은 바닥에서 몇 미터 떨어진 발코니에서 쇠창살에 반쯤 가려진 채 연주했다. 이 창살을 통해 연주자들의 얼굴 윤곽을 그려볼 수는 있으나 얼굴은 볼 수 없었다.

본 작품에서 과거 사실의 재구성은 역사적 사실과 정확하게 부합하지는 않는다. 예컨대 비발디의 오라토리오 '유디트의 승리'와 유명한 협주곡 '사계'는 비발디가 피에타 고아원에서 음악을 가르치던 초기에 작곡한 곡이 아니다. 사실과 정확하게 일치하지 않는 부

분들이 있음을 미리 밝혀둔다. 역사학자들과 비발디의 팬들에게 양
해를 구한다. 하지만 모든 내용은 역사적 사실에 근거한 것이다. 비
발디에게 바친 이 작은 작품을 읽는 독자가 비발디에 대해 더 많은
관심을 갖게 되어, 역사학자나 음악평론가들이 그와 그의 제자들에
대해 쓴 많은 작품을 읽게 된다면 더할 나위 없이 기쁘겠다.

티치아노 스카르파

어머니
왜 나를
버렸나요

어머니, 밤이 깊었습니다. 나는 당신께 편지를 쓰려고 침대에서 일어나 이곳으로 왔습니다.
오로지 고뇌에서 벗어나고 싶은 생각뿐이에요. 오늘도 나는 어느 순간 고뇌에 빠져들었어요.
하지만 난 이 야수처럼 잔인한 고뇌에 질식되지 않는 방법을 잘 알고 있어요.
내 절망에 익숙해져 잘 알고 있지요.

어머니, 밤이 깊었습니다. 나는 당신께 편지를 쓰려고 침대에서 일어나 이곳으로 왔습니다. 오로지 고뇌에서 벗어나고 싶은 생각뿐이에요. 오늘도 나는 어느 순간 고뇌에 빠져들었어요. 하지만 난 이 야수처럼 잔인한 고뇌에 질식되지 않는 방법을 잘 알고 있어요. 내 절망에 익숙해져 잘 알고 있지요.

내 자신이 병의 원인이자 치유입니다.

번민의 바다가 목까지 차오릅니다. 내가 할 일은 그 바다가 내 마음을 온통 뒤덮기 전 그것을 알아보고 대응하는 일입니다. 파도는 점점 거세지고 닥치는 대로 모든 걸 삼켜버릴 테니까요. 성난 독성의 바다. 죽어가는 물고기들이 아가리를 벌린 채 물 위로 떠올라 힘없이 팔딱거리고 있어요. 수면 위에 떠서 숨 가쁘게 아가리를 벌렸다 오므리기를 반복하며 죽어가는 또 한 마리의 물고기, 그건 바로 나예요.

난 둑 위에 서서 죽어가는 나를 바라봅니다. 아! 이미 내 발은 저 성난 독성의 바닷물에 젖어 있습니다.

죽음 직전의 또 다른 물고기가 물 위로 떠올라요. 그 물고기는 내 파멸의 두려움이죠. 그 물고기 또한 나이고, 난 다시 천천히 죽어가고 있습니다.

왜 물 위로 떠올라서 죽지? 물속에서 죽는 편이 나을 텐데. 난 물 밑으로 내려가요. 바닥에 가라앉은 느낌이 듭니다. 사방이 온통 암흑이에요.

난 다시 강둑에 있습니다. 강둑에 서 있는 사람은 여전히 나이며, 난 아직 살아남아 수평선까지 독이 퍼져버린 성난 바다를 바라보아요. 아가리를 벌린 채 죽은 물고기들이 수면 위로 떠오릅니다. 죽음에 이른 수많은 물고기들, 헤아릴 수 없는 파멸의 생각들은 모두 나이고, 난 수없이 죽었습니다. 단말마의 고통에서 벗어나지 못하고 계속해서 죽어갑니다. 바다는 팽창하여 위로 넘쳐 흐르고, 독이 가득 차 있으며 잔뜩 성이 났어요.

난 눈이 허옇게 풀린 채 죽음을 맞이하려 물 위로 떠올랐습니다. 그리고 저 높이 머리 위를 바라봅니다. 수평선은 검푸르고 구름은 검게 물들어 있어요. 구름 낀 하늘은 마치 바다가 뒤집어져 한순간

멈춰버린 희뿌연 파도처럼 보입니다.

어떤 작은 섬의 둑을 보니, 그 끝에 주변을 둘러보는 한 소녀가 있군요. 소녀는 죽어가는 나를 바라보고 있습니다. 하지만 소녀는 날 위해 아무것도 할 수 없어요. 그 소녀는 바로 나 자신입니다.

둑 위의 소녀야, 날 위해 뭔가 해 줘, 너 자신을 위해 뭔가를 해 봐. 네 안에서 피어나는 생각들로 고통스러워하지 말고. 네가 어디를 바라보더라도 파괴된 네 모습만을 보게 될 거야. 성난 바다는 넘쳐흐르고 죽은 물고기가 가득해. 맞서 싸워! 굴복하지 마!

내가 완전히 무너지기 전에, 내 안에서 무슨 일이 일어나는지 알아차릴 수 있는 의식이 조금이라도 남아 있는 한 서둘러야 한다. 있는 힘을 다해 다른 곳으로 피해야 한다. 아직 '내가' 결정하고 소리칠 수 있는 저 은신처로 물러서야만 한다.

난 이렇게 쉽게 무너지지 않고 아직은 버틸 수 있습니다. 난 강해요. 이까짓 성난 독물에 녹아버리고 싶지는 않아요. 눈앞에 보이는 이런 죽음은 절대 내가 아니예요. 난 바닷물을 삼키고 싶지 않고, 어둠이 내 안으로 들어와 나를 지워버리도록 내버려두지도 않을 거예요.

나는 아직 어딘가에 있습니다. 파멸에서 벗어나 여기 있어요. 고뇌가 나를 완전히 사로잡진 못했어요. 아직은 '내가' 자신을 보호하고 소리칠 수 있는 여유가 남아 있어요.

오늘밤 나 자신을 지킬 수 있다면 난 무사하겠죠. 일어서서 고통의 침대를 뒤로 하고 당신께 편지를 쓰러 다시 여기에 올 수 있을 겁니다.

어머니, 오늘밤도 나는 고뇌에서 벗어나기 위해 눈을 크게 뜨고 천장을 응시하고 있습니다. 사실은 진짜 천장은 아니죠. 내 침대 위에는 막달레나의 침대가 있어요. 우리들이 자는 침실에는 침대가 선반처럼 벽에 줄지어 붙어 있죠. 이층침대의 아래쪽에서 자는 소녀들은 위층 침대의 받침목을 자기만의 천장으로 삼고 있답니다.

그러니까 내 천장은 막달레나 침대의 받침목인 거지요. 내 천장은 너무 낮아서 팔을 뻗으면 손에 닿아요. 물론 내가 일부러 팔을 뻗는 일은 없어요. 그러나 내 자신도 잘 알고 있듯이 난 무척 산만해요. 다른 생각에 정신을 빼앗겨 무심코 팔을 위로 뻗은 적이 여러 번 있었어요. 나도 모르게 막달레나의 침대 받침목을 손가락 끝으로 만지며, 한쪽 모서리에서 거스러미를 떼어내고 손톱으로 나무받침대를 긁기도 했어요.

"뭐하는 거야?" 막달레나가 그녀 침대 밑으로 머리를 불쑥 내밀며 날 향해 말한다. 난 흠칫 놀란다.

어둠 속에서 드러나는 그녀의 헝클어진 머리칼 윤곽은 마치 검은 뱀들로 둘러싸인 것 같다.

"내게 할 말이라도 있니?" 그녀가 내게 쏘아붙인다. 나는 그녀에게 할 말이 없어서 조용히 있는다.

난 어느 누구에게도 할 말이 없다. 이곳에는 친구가 없다.

내가 지금 당신께 아주 하찮은 것들을 설명하고 있네요. 침대 받침목 위의 나무 거스러미라니! 자신이 부끄러워요. 어머니, 당신의 용서를 청합니다. 하지만 이야기의 실마리를 도대체 어디서부터 풀어나가야 할지 모르겠어요. 당신은 나에 대해 아는 게 하나도 없을 테니까요.

거의 매일 밤 번민으로 숨이 막힐 것만 같을 때 그걸 떨쳐버리는 최선의 방법은 침대를 벗어나는 거예요. 나는 자리에서 일어나 당신을 만나러 이곳에 옵니다. 여름이나 겨울, 계절과는 상관없이 이곳에 오지요. 특히 한겨울 이불 속에서 빠져 나오면 정말 좋아요. 얼음장 같은 찬물 한 바가지를 끼얹은 것처럼 모든 우울함이 시원하게 날아가 버리지요. 감기 따위는 문제가 안 돼요. 나의 몸은 이렇게 차가운 밤을 보내는 데 이미 익숙해져 있거든요. 따뜻하지만 정신건강에는 해로운 침대 위에서 나쁜 생각들로 번민하기보다는 이 편이 훨씬 더 나아요. 그래서 이곳, 맨 꼭대기 층까지 계단을 올라와 벽에 등을 대고 앉죠. 여기에서는 내게 필요한 에너지가 나오지요. 이곳은 나만의 비밀장소랍니다. 이곳에 올 땐 따뜻한 숄을 몸에 둘러요. 숄을 걸치면 당신 생각이 납니다. 숄이 따뜻하게 내 몸을 감싸듯이 내 마음은 온통 당신을 둘러싸고 있어요. 당신은 그걸 느낄 수 있나요?

난 팔을 들어 위층 침대의 받침목을 만지며 작은 거스러미들을 떼어내고 거친 표면을 긁는다. 침대 가장자리 너머로 누군가가 머리를 내민다. 그 머리에는 머리카락 대신 검은 뱀들이 뒤엉켜 있다.

"무슨 일이야? 날 불렀니?"
"넌 누구니?" 내가 반문한다.
"난 네 죽음이야." 뱀 머리카락을 가진 형상이 매우 친절한 목소리로 대답한다.
"내 곁에 있어 줄래?" 내가 그녀에게 사정하듯 말한다.
"내가 널 데려갔으면 좋겠니?"
"너만 괜찮다면……. 하지만 난 아직 죽고 싶지 않아." 난 이렇게 돌려서 말한다.
"원하는 게 뭐야?" 내 죽음은 인내심을 잃지 않고 부드럽게 묻는다.
"내 옆에 늘 있어 줘."
"우리가 어떤 대화를 나누게 될까?"
"글쎄……."
"난 별로 말이 없는 편이야."

"괜찮아."

"할 말도 별로 없을걸." 내 죽음이 말한다.

"너만 곁에 있어 주면 돼!"

"뭘 하려고?"

"널 잊어버리지 않게 날 좀 도와줘."

어머니, 당신은 날 기억하나요? 이름이라도?

나를 당신께 소개하죠, 난 '체칠리아'라고 해요. 내 이름이 맘에 드시나요? 당신이라면 날 뭐라고 불렀을까요? 혹시 내가 당신 안에 있었을 때, 마음속으로 생각해 두었던 이름이 있었나요? 그러니까 그때, 당신 안에 나를 초대한 순간들을 말하는 겁니다. 실은 '당신 안에 나를 초대한 순간들이 아니라 내가 잠시 지나쳤던 순간들'이라고 쓰려 했습니다.

맞아요. 난 당신 자궁 속의 어둠과 매우 친밀했어요. 하지만 그런 사실이 전혀 자랑스럽지 않습니다. 내 영혼이 쉴 수 있고, 평안함을 줄 수 있도록 몇 시간이라도 잘 수 있다면, 난 기꺼이 어둠과 친밀했던 그 시간을 잠과 바꿀 거예요. 언제부터 내가 밤에 일어나는 습관을 갖게 되었는지 꼭 집어서 당신에게 말할 수는 없지만 한 가지 사실만은 분명합니다. 나 자신에 관한 첫 기억, 시간상으로 가장 먼 기억은 어둠이라는 것이에요. 조금도 과장하지 않고 말하자면, 내 유년시절의 첫 기억은 '어둠 속에서 휘둥그레진 나의 눈'에 대한 것이죠. 내 유년시절은 긴 어둠의 터널이었답니다. 아! 당신께 불평을 늘어놓거나 당신을 힘들게 하려는 생각은 없습니다. 다만 사실을 말할 뿐이에요.

어머니, 당신은 한 번이라도 나를 생각해 본 적이 있나요? 내가 유년시절을 어떻게 보냈는지 궁금하진 않았나요? 당신이 조금이라도 궁금해하면, 번민하며 뜬눈으로 밤을 지새우는 한 어린 소녀를 떠올려 보세요.

나를 두렵게 하는 것이 어둠일거라 생각하지 말아 주세요. 고요는 더욱 아니고요. 이곳에는 완벽한 고요란 존재하지 않거든요. 낮에는 연주자들의 목소리와 악기소리가 연습실을 가득 채우고, 밤에는 잠든 소녀들의 숨소리가 침실을 메워요. 소녀들이 잠이 들어 숨 쉴 때의 모습은 정말 제각각이에요. 어쩌다 나를 괴롭히는 번민에 싸여 있지 않은 날엔, 이 소녀들의 숨소리를 구별하며 밤을 보내는 일도 싫지 않아요. 누군가 코를 골기도 하지만 그건 전혀 문제가 되지도 않아요. 모든 소녀들은 자신만의 밤의 개성을 가지고 있어요. 가끔 그것은 낮에 드러나는 그녀들의 개성과 완벽하게 대조를 이루기도 합니다.

막달레나는 잠잘 때 숨을 거칠게 쉬어요. 아마 그녀는 충분한 휴식을 취하지 못할 거예요. 하지만 낮의 그녀는 매우 조용조용 하게 행동해요. 부드러운 어조로 말하며 늘 미소 짓지요. 어쩌면 그녀는 밤마다 낮에 간신히 비켜 지나갔던 끔찍한 일들과 다시 부딪치는 악몽을 꾸는지도 몰라요.

그러나 아침이면 태양은 꽃을 피우듯 소녀들의 얼굴을 활짝 피어 나게 합니다.

이따금 먼 어둠 속에서 정체불명의 소리가 들리곤 합니다. 그 소리는 마치 장작 타는 소리처럼 짧고 날카로워요. 이 건물에는 몇 개의 커다란 홀과 크고 작은 방들이 있고, 방들 사이 틈새 공간에는 갱도처럼 파진 계단들이 있으며, 계단 옆으로 벌어진 빈 공간에는 난간들이 매달려 대각선으로 길게 뻗어 올라가요. 우린 이처럼 거대하고 복잡한 건물에 살고 있어요. 그 정체불명의 소리는 마치 이런 사실을 상기시키려는 듯 누군가 일부러 내는 소리 같아요.
나는 정체를 알 수 없는 그 소리가 내 귀에 들리기까지 지나온 경로를 머릿속에 그려봅니다. 그 소리는 계단을 오르고 복도를 지나서 틈새들을 빠져 나오지요. 그리고는 열쇠구멍과 문을 통과하여 마침내 내게로 와요. 어떤 소리는 불길한 느낌으로 다가오기도 하지만 대부분 소리들은 늘 편안함을 주어요. 그 소리들이 내게서 온갖 잡념들을 떨쳐버리기 때문이지요. 귀를 기울여 가만히 그 소리들을 듣고 있으면 내 자신에게서 벗어날 수 있습니다.

소리는 나의 외부로부터 온 기억들입니다. 내 육체의 윤곽 너머, 나의 육체와 떨어져 밖에 있는 내 마음의 일부이지요. 더 큰 나의 자아입니다.

　당신은 내가 아플 때 무슨 생각을 하는지 궁금하지 않나요? 정확하게 설명하긴 어렵지만 내 자신이 지워지는, 완전히 사라져 가는 느낌입니다. 이런 순간들이 오면, 나 자신을 위해 할 수 있는 게 아무것도 없다는 생각에 빠져들어요. 모든 것이 고통으로만 있을 뿐이에요.

　"그렇게 번민할 필요 없어." 내 죽음이 다가와 말을 건다.
　"내가 뭘 할 수 있지?"
　"글쎄."
　"내가 죽는 게 좋겠니?" 난 뜬금없이 묻는다.
　"그럴지도 모르지, 네가 죽었다고 상상해 봐."
　"어떻게?"
　"너 좋을 대로."
　"움직이지 않는 싸늘한 몸이 보여."
　"지금 어디 있니?"
　"내 육체 바깥, 공중 어딘가에 있다고 상상하고 있어."
　"그건 아니야. 그건… 다만 자리만 옮겼을 뿐이잖아. 너의 내부로부터 죽었다고 상상해 봐."
　"나 자신을 더 이상 상상할 수 없다는 것을 상상해야 되니?"
　"바로 그거야."

"그건 불가능해."

"할 수 없다면 내버려 둬. 엄마에게 편지나 쓰러 가, 어서."

"아니, 네가 어떻게……."

작은 소리로 계속 불러보지만 내 죽음은 대답이 없다.

가끔 어둠 속에서 불쑥 나타나는 환영에 시달리곤 합니다. 가시가 무수히 돋아 있는 거대한 공이죠. 고슴도치의 가시처럼 길고 뾰족한 침들이 촘촘히 박혀 있는 바위 공이에요. 내 삶은 이 공처럼 고통 그 자체였습니다.

어머니, 난 이런 끔찍한 환영에 쫓길 때마다 절대 침대에 누워 괴로워해서는 안 된다는 걸 깨닫게 되었습니다. 자리를 박차고 일어나 이곳으로 당신을 만나러 와야만 합니다.

살그머니 방을 빠져나와 긴 복도를 통과하고, 나만 알고 있는 숨겨진 통로를 지납니다. 좁은 계단을 올라가면 작은 문 아래에 있는 층계참에 도착해요. 이 계단은 건물 내에 있는 많은 계단 중 하나예요. 난 계단 맨 위쪽에 앉아요. 겨울에는 난로 연통이 지나가는 벽에 등을 기대죠. 벽돌은 따뜻해요. 고뇌에서 벗어날 때까지 계단 꼭대기에 잠시 앉아 있습니다. 내 밑으로 계단이 무너져 내려 땅속 한가운데까지 추락할 것 같은 느낌이 들어요. 그럴 때면 난 떨어질까 두려워 난간을 꼭 잡아요.

당신은 내가 얼마나 많은 순간 저 차가운 금속을 붙잡았는지 짐작조차 할 수 없을 거예요. 원하신다면, 눈 감고 점토를 사용해서 난간 손잡이를 똑같이 만들 수도 있어요. 난간의 형태며, 금속제의 날카로운 나뭇잎 장식들이 내 기억 속에 새겨져 있거든요.

내가 또 다시 바보 같은 얘기를 하고 있군요. 무슨 이유로, 누가, 난간 따위를 똑같이 만들어 보라고 하겠어요? 금속으로 된 나뭇잎 장식 같은 것을 눈 감고도 똑같이 만들 수 있다는 것이 지금까지 살아오는 동안 내게 무슨 도움이 되었을까요? 세상의 온갖 사소한 것들을 낱낱이 기억하고 있다는 것이 내게 무슨 도움이 되겠어요?

어머니, 당신이 나와 함께 하려면 많은 인내심이 필요합니다. 내 머릿속은 하찮은 생각들로 꽉 차 있기 때문이지요. 이곳에서는 그래요, 늘 같은 일들이 반복되고 우리들은 셀 수도 없이 많은 사소한 것들과 친숙해져 있어요.

이를테면 계단 난간에 붙어 있는, 언제나 그 모양 그대로인 나뭇잎 문양의 금속 장식을 손가락 사이로 만지는 일, 매일 아침 성당에서 식당으로 가는 3층 첫 번째 복도 바닥에서 깨진 세 번째 타일과 마주치는 일, 연습실 문의 놋쇠 손잡이에 붙어 있는 상표를 알아채는 일 같은 것이죠.

어머니, 난 정말 바보인가 봐요. 당신은 아직 나에 대해 아무것도 모르는데 난 전혀 중요하지 않은 일들을 정신 없이 설명하고 있으니 말이죠.

지금 한 가지 기억이 떠올랐습니다. 아직 어렸을 때, 아마 일고여덟 살쯤 되었을 거예요. 사흘 전부터 위쪽 앞니 하나가 흔들렸죠.

맨 처음 빠진 배냇니였어요. 친구들이 내게 실을 준비하든지 아니면 긴 머리카락 세 가닥을 뽑아서 끈을 만들라고 했어요. 그리고 끈 한쪽 끝을 흔들리는 이에 묶고 다른 쪽 끝은 문고리에 묶어 문을 한순간에 닫으라고 알려줬지요. 난 맘이 썩 내키지 않았습니다. 너무 강하다는 인상을 받았거든요. 난 머리카락을 뽑고 나서 다시 생각해 보았죠. 결국 난 끈을 만드는 대신 머리카락을 입술 사이에 물고 앞니로 조금씩 잘라가며 삼켰어요.

그 후 어느 날 밤, 나는 이 계단에 앉아서 엄지손가락과 검지를 입안에 집어넣고 이를 앞으로 힘껏 당겼어요. 단 한 번 힘을 주자 이는 내 손 안에 들어왔지요. 톱니처럼 생긴 이의 끝이 어둠 속에서 반짝이더군요. 처음엔 난간 너머 계단 사이 빈 공간으로 빠진 이를 던지려고 했어요. 지구 한가운데로 이가 떨어져 부딪치는 소리를 들으려면 적어도 천까지는 세어야 했을 거예요. 하지만 난 이를 계단 밑으로 던지는 대신 입속에 넣고 삼켰어요. 왜 그랬는지 궁금하실 거예요. 내겐 이를 계단 옆 빈 공간에 버리는 것이나 삼키는 것이 다르지 않았어요. 떨어지는 물체는 눈에서 멀어져 어두운 바닥으로 사라지게 되죠. 그것과 마찬가지로 내 몸 한 부분이 내 안으로 들어가 암흑 속으로 사라진 것입니다. 그날 밤, '나'는 내게 속해 있지 않고, 나의 주인도 아니고, 앞으로도 결코 주인이 되지 않을 거라는 느낌을 받았어요.

어린 시절, 나의 밤은 늘 같은 모습이었어요. 넋이 빠진 듯 맨 꼭대기 층 계단 끝에 앉아 있는 작은 아이. 바로 여기예요. 눈은 어둠에 익숙해지고 희미하게 주위를 맴도는 빛에 적응해 갑니다.

난 인형처럼 앉아 벽 모서리를 응시하곤 했지요. 어떤 때는 몇 시간씩이나 그렇게 앉아 있었어요. 두 벽이 만나는 선은 상처 자국, 바깥의 트인 공간은 상처였을 거예요. 누군가 벽을 쌓아서 공간의 상처를 꿰매줘야 했겠죠.

난 상상하곤 했어요. 수 십 세기 전 저 밖에는 무엇이 있었을까? 그땐 집이나 담 같은 것은 전혀 없고, 휑하게 뚫린 공간과 물, 덤불로 덮여 있는 진흙 섬만이 있었을 거예요. 바람이 몰아치면 여자들은 두려웠겠죠. 밤이면 여인들은 함께 지냈고 아기들은 그들 사이에서 웅크리고 잤을 거예요.

어디에선가 계단 꼭대기 층계참으로 희미한 불빛이 스며들곤 했어요. 한밤중이라도 어딘가에는 아주 작은 불빛이 항상 남아 있습니다. 빛은 공기보다 더 섬세해서 먼지 덩어리처럼 구석에 모이지 않아요. 빛은 넓게 퍼져 있어요.

어둠은 겉으로 드러나는 현상일 뿐, 어둠의 본바탕은 빛이에요.

내가 예전에 존재했던 작은 불빛을 살려낸다고 생각하면 기뻤어요. 난 이보다 더 짙은 어둠 속에서도 두 눈을 감고 빛을 상상할 수 있다는 것을 깨달았거든요. 마치 내 머리 안에서 스스로 빛을 발하듯 은밀히 빛을 상상할 수 있고 내 안에 빛을 밝힐 수 있습니다.

침대에서 빠져나와 처음으로 계단 끝에 앉아 밤을 꼬박 새운 게
언제인지는 기억할 수 없습니다. 그런데 잘 생각해 보면 처음이란
말은 있을 수 없어요. 원래부터 그랬으니까요. 아주 어렸을 때 이곳
에 온 이후, 모든 밤을 이런 식으로 지내왔어요. 한마디로 불면증이
없는 나는 내가 아니지요. 불면증은 나의 일부분이에요. 이젠 밤의
일상이 되어 버린, 이런 수면장애 없이도 내가 살아갈 수 있을지 고
민해 봅니다.

어머니, 나는 지금 촛불도 켜지 않고 불빛이라곤 없는 어둠 속에
서 편지를 쓰고 있습니다. 펜을 쥐고 있는 손가락들이 무릎 위에 놓
인 편지지 위를 미끄러지듯 지나가요. 난 펜에 잉크를 찍어서 한밤
의 어둠을 닮은 생각들을 써 내려 갑니다. 지면 위에 펼쳐지는 생각
들을 쉽사리 구별할 수 있습니다. 어쩌면 그 생각들 역시 어둠의 응
어리에 지나지 않아요. 난 이런 어둠의 응어리들을 품고 매일 밤 당
신을 만나러 옵니다. 당신은 날 볼 수 없지만 동그랗게 뜬 내 두 눈
은 당신을 보고 있습니다.

방금 생각들이 펼쳐진다고 말했지만, 사실 그것들은 갇혀 있는지
도 모릅니다. 같은 몸짓 속에서 생각은 펼쳐지기도 하고 갇히기도
합니다. 난 자신을 자유롭게 하거나 혹은 자신을 가두고 있어요.

그러나 어머니, 이런 나의 생각에 갇힌 포로는 어쩌면 당신일 거
예요. 난 당신을 자유롭게 하려고 편지를 쓰고 있는지도 몰라요. 당
신은 여기 없지만 나는 당신을 붙잡길 기대하면서 긴 줄을 허공에

돌리고 있어요. 긴 줄이 뒤얽혀 타래를 만들고, 그 안에서 숨넘어가는 어떤 목소리가 터져 나오길 바라고 있기 때문이지요. 그 목소리는 구원을 기대하며 나를 부르고, 내게 저주를 퍼붓고, 호소하고, 용서를 청하고, 나를 맹렬히 비난하는 소리지요. 그 목소리는 바로 당신입니다. 어머니 당신은 그 무엇입니다. 당신은 가슴에 맺힌 응어리이고, 숨 가쁜 고통이기도 하며, 때로는 미소이기도 합니다.

"어떻게 지내니?" 내 죽음이 내게 말을 걸어온다.

"다시 돌아왔구나."

"난 밖으로 나간 적이 없어."

"네가 떠났다고 생각했는데."

"네가 날 보지 못했을 뿐이야. 네 곁에 머물겠다고 약속했잖아? 난 결코 움직인 적이 없어."

"정말이야?"

"난 말수가 적지만 약속은 지켜."

"내 어머니에게 질투하는 거니?"

"내가 뭣 때문에?"

"내가 어머니에게 편지 쓰는 것에만 집중하니까 침묵했던 거 아냐?"

"모두 너의 생각일 뿐이야. 난 한 번도 불만을 말하지 않고 너를 꾸짖지 않았어. 난 아무 말도 안했어."

"네 침묵은 오히려 질타하는 소리로 들려."

"넌 아직 어리구나. 내가 널 너무 과대평가 했어. 너와 함께하는 건 시간 낭비야."

세상에 나보다 더 외로운 사람이 있을까요? 난 다른 소녀들 틈에 섞여 있습니다. 이곳엔 소녀들 백 명이 살고 있거든요. 외부인이 보기엔 틀림없이 우린 하나같이 똑같을 거예요. 그들 속에 있는 나 역시 그들과 구별되지 않는 아주 평범한 소녀예요. 난 이곳에 있는 소녀들과 같이 밥을 먹고, 같이 기도하고, 같이 공부하고, 같이 연주해요. 그 이상도 아닌 그들 중 하나일 뿐이죠. 하지만 이렇게 함께 살아가는 것으로 인해 나의 고독은 더욱 커지고, 그 고독에 서서히 질식되고 있어요.

난 시뻘겋게 달궈졌다 물속에서 담금질된 금속입니다. 나의 고독은 강철처럼 강해졌어요. 지루하게 반복되는 공동생활과 단체 활동에 파묻혀 친구들과 더불어 지내는 삶은 오히려 나를 더욱 날카롭게 만들었습니다. 난 치유될 수 없어요. 난 고독합니다.

어머니, 내 말이 들리나요? 당신은 어딘가에 있겠죠? 아직 살아 숨 쉬고 있나요? 당신은 실제로 존재하고 있는 건가요? 아니면 내가 지금 유령에게 편지를 쓰고 있는 건가요?

요즘 난 당신 모습을 시나브로 그려 보기 시작했습니다. 누구나 공감할 수 있는 상상을 말하는 거예요. 그렇다고 지금까지 당신을 상상한 적이 없다고는 생각지 마세요. 다만 얼마 전부터 당신의 모습을 구체적으로 현실감 있게 그려 보기 시작했다는 거죠. 적어도 나의 생각은 그래요. 이제껏 내가 익숙해져 있던 당신에 관한 모든 생각은 두려움에 차 있던 어린 내가 나의 상태를 설명하고 위로 받으려고 그때그때 지어낸 상상에 지나지 않았거든요.

내가 당신을 정말 사악한 마녀로 믿고 있었다고 상상해 보세요. 당신은 웃을지 모르지만 사실입니다. 검은 망토를 입은 마녀, 고아원 벽감에 바순을 내려놓으면서 얼음장 같이 차가운 웃음으로 밤의 적막을 깨는 마녀, 이렇게 당신을 상상하곤 했었어요.

수녀님들은 내게 당신에 대해 그 어떤 귀띔도 주지 않았어요. 이곳 규칙이거든요. 수녀님들은 우리들의 출신에 대해 침묵하기 때문에 우리는 자신이 누구의 딸인지 알 수 없습니다. 하지만 난 수녀님들이 이 문제와 관련된 진실을 숨기는 것은 아닐 거라고 생각해요. 다만 우리들의 출신에 대해 그분들 역시 아는 게 없어서 침묵하는 것이지요.

시간이 지날수록 더욱 빈번하게 당신 얼굴이 문득문득 떠오릅니다. 보통은 식사를 하는 동안 당신을 만나게 돼요. 식탁에 앉아 숟가락을 들고 접시 위로 머리를 내밀면 수프 표면에 비친 머리의 윤곽을 볼 수 있어요. 순간 그 윤곽이 당신의 얼굴임을 직감으로 느낍니다. 어머니, 난 아직 소녀인 당신을 만나요. 십 육년 하고도 몇 달을 거슬러 올라가면, 내가 태어나기 전 당신은 부모님과 함께 식사를 하고 있어요. 당신은 접시 위로 머리를 숙이고, 마치 숟가락을 부러뜨리기라도 할 듯 꼭 쥐고 시선을 내리깔고 있어요. 목에서 뭔가가 울컥 치미는 것 같아 입안의 음식을 삼킬 수가 없지만 아무 일도 아닌 척 태연해야만 합니다. 자신의 표정을 볼 수 있게 앞에 거울이라도 있었으면 좋겠다는 생각을 하지요. 얼굴 표정이 변해 당신 부모들이 당신의 임신 사실을 알까 두려운 거죠. 하지만 야채수프는 거울이 아니예요. 감자와 양파가 야채수프 위에 비친 얼굴 한가운데로 떠오릅니다.

당신 얼굴을 좀 더 세밀하게 그려 보기 위해 애를 써야 하지만 이런 순간들은 당신께 한 걸음 성큼 다가서는 것을 느낍니다. 당신을 알아간다는 느낌이 들어요.

어머니, 당신이 느껴야만 했던 부끄러움을 나 또한 가슴으로 느껴 보고 싶습니다. 사람들은 가슴 속에 부끄러움을 감추고 있을 때 어떤 느낌일까요?

며칠 전 오후, 난 주방에 몰래 들어가서 돼지 심장 조각을 꺼냈어요. 그것을 작은 헝겊조각으로 감싸 계단 난간 아래 층계와 금속 사이에 숨겨 놓고 썩게 만들었어요. 오늘 난 그걸 가슴 속에 넣었어요. 블라우스와 재킷 사이를 통해 악취가 풍겨 나왔어요. 친구들은 코를 막고 놀라서 날 쳐다보았고, 어떤 친구들은 킥킥거리며 웃어댔어요. 테레사 수녀님은 한쪽으로 날 데려가 개인적 청결에 대해 말씀하셨어요.

'가장 기본적인 것이다.' 수녀님이 단호하게 말했어요.

가장 기본적인 것이 뭐지요? 정직한 걸까요? 동정을 지켜 순수하게 남아 있는 건가요? 자신의 불결함을 사랑하는 걸까요? 자신의 실수를 가슴에 묻고 다니는 것인가요? 자식을 버리지 않는 걸까요? 가장 기본적인 것, 가장 중요한 것은 무엇인가요?

십자가 위의 예수님을 바라보았어요. 그분은 더럽혀지셨어요, 땀을 흘리시고 피를 흘리셨어요. 그분은 여인들처럼 피를 흘리시는 상처를 갖고 계셔요. 나와 같아요.

가여운 어머니, 당신은 사랑에 빠진 건가요? 순간적인 열정에 자신을 맡겼나요? 아니면 성폭력의 희생자인가요? 어쩌면 당신이 성폭력의 희생자라 할지라도 난 용서할 수 없어요. 그 어떤 이유로도 난 당신을 용서할 수 없습니다.

"넌 나를 철부지 소녀로 취급해."
"난 너의 일에 참견하지 않아. 여기에 있을 뿐이야." 나의 죽음이 말한다.
"네가 무섭지 않아. 어떤 것에도 두려움을 갖지 않는 법을 터득했거든."
"그렇다면 왜 네 곁에 내가 있길 원했지?"
"나의 죽음조차도 두렵지 않다는 것을 네게 보여 주려고."
"넌 자신이 무슨 말을 하는지도 몰라. 넌 내 얼굴을 볼 수 없어. 내게서 멀어지기 위해 네 엄마에게 편지를 쓰는 거야."

"하지만 만약 너를 초대한 사람이 나라면 너는 그런 말을 할 수 없을 거야."

"내가 너의 초대를 정말로 받아들였다고 생각하니?"

어머니, 당신을 애타게 부르지만 당신은 끝내 대답하지 않습니다. 당신은 내 머리 속에만 존재하죠. 난 펜 끝에서 흘러나오는 내 생각들을 바라봅니다. 당신으로부터 결코 벗어나지 못하는 난 그 생각들을 머리에서 비워 냅니다.

내가 써 내려 가는 모든 말들은 당신의 이름을 부르는 또 다른 방법에 지나지 않습니다. 난 당신의 이름을 모르는데도 말이죠. 내가 하늘과 땅, 음악과 고통에 대해 쓴다고 해도 그건 늘 어머니라는 당신의 이름만을 쓰고 있는 것이에요.

당신이 존재하지 않았던 시기에 대해 얘기할까요? 이건 농담이 아니에요. 내겐 이 세상에 어머니들이 존재한다는 사실을 몰랐던 때가 있었어요. 어쩌면 그 때 더 행복했을 거예요. 당신이 그립지 않았거든요. 어떻게 그럴 수가 있었냐고요? 그건 내가 어머니가 있다는 사실을 전혀 알지 못했기 때문입니다.

난 그날 밤 일을 또렷이 기억합니다. 정확하지는 않지만 아마 네다섯 살쯤 되었을 거예요. 그 때도 이미 깊은 밤 계단 맨 꼭대기에 있는 작은 층계참에 와서 쪼그려 앉아 있는 습관을 갖고 있었죠. 그런데 어느 순간, 저 멀리 건물 어딘가에서 누군가 신음하고 있다는 걸 알게 되었습니다. 계단 맨 아래쪽에서 끙끙 앓는 소리가 들려왔어요. 어떤 동물이 죽어가며 고통으로 울부짖는 소리와 흡사했어요. 어쩌면 덫에 걸린 쥐의 배가 덫에 끼여 만신창이가 되었을지도 모르죠. 그렇다면 죽음을 눈앞에 둔 쥐가 죽기 직전 고통을 견디지 못해 신음하고 있는 것일 거예요. 하지만 신음소리의 주인공은 쥐도, 다른 동물도 아니었어요. 그건 사람의 목소리였어요. 나를 부르는 목소리였어요.

나는 일어나서 계단을 내려갔습니다. 계단을 다 내려가 마지막 계단에 다다른 뒤 그 신음소리를 따라갔어요. 그 소리는 육중하게 잠든 건물 바닥으로부터 올라오는 소리였어요. 난 마음이 불안했어요. 복도 끝에 있는 긴 의자에 앉아 묵주기도를 하며 교대로 우리를 감시하는 수녀님들에게 들킬까봐 겁이 났었지요.

밤에 자다가 용변을 보기 위해 일어나는 소녀들이 있어요. 어떤 친구들은 복도 창고에 있는 항아리를 이용하고, 어떤 친구들은 일층에 있는 화장실을 이용해요. 야간 당직근무를 하는 수녀님은 소녀들을 한 번에 한 명씩만 내보내요. 그런데 이 일은 건물 다른 쪽 계단에서 일어나고 있었어요. 난 어둠에 익숙해져 있었기 때문에 들키지 않고 캄캄한 복도 모퉁이를 돌아 내가 좋아하는 계단으로 가는 길을 알고 있었어요. 난 어둠의 일부분이거든요. 나보다 큰 어둠 안에서 움직이는 한 조각의 어둠이지요.

난 아래로 계속 내려갔습니다. 계단을 내려가며 한 걸음씩 발을 뗄 때마다 점점 더 나는 어리석은 짓을 하고 있다는 생각이 들었어요. 건물 바닥에서 올라오는 냄새는 이제껏 한번도 맡아본 적이 없는 독특한 것이었어요. 이쪽에도 화장실이 있었지만 난 이 화장실에 와 본 기억이 없어요. 신음소리는 그 안에서 들려왔어요.

어머니, 난 잠자기 전 아주 짧은 내 수면시간을 쪼개어 숨어서 당신께 편지를 쓰고 있습니다. 지칠 대로 지친 무기력한 상태에서 글을 써 내려 가요. 이럴 때 지친 내 마음은 꿈꿀 힘마저도 없어요. 펜 끝에서 흘러나와 종이 위에 힘없이 누워 있는 단어들을 바라봅니다. 너무 힘에 겨워 파김치가 된 나는 단어들을 뚫어져라 응시하죠. '엄마' 라는 말을 봅니다. 눈을 떼지 않고 뚫어지게 그 단어를 보며 의미를 이해하기 위해 그것을 다시 써 보아요. 그것을 당겨보기도 합니다. 엄마라는 말이 찢어질 때까지 사방에서 잡아당겨요. 나는 이렇게밖에 당신을 볼 수 없습니다,

난 한번도 화장실 안을 훔쳐본 적이 없습니다. 왜 그런 짓을 하겠어요? 나는 어렸을 때도 역시 그런 일에 호기심이 없었어요. 항상 내 생각에 빠져 있었거든요. 이곳에 있는 소녀들, 연주자들, 수녀님들을 비롯한 주변 사람들은 그 누구도 내 관심을 끌지 못했어요.

계속해서 신음소리는 화장실 너머로 들려왔습니다. 신음소리는 찢어질 듯 이상한 날카로움까지 배어 있는 고통스러운 소리였어요. 그 안에 혹시 괴물이라도 있는 건 아닐까? 그렇다면 그 괴물은 나를 잡아먹기 위해 이 아래까지 나를 유인한 것이겠지요. 괴물이 나를 집어삼키더라도 달라질 건 없어요. 오히려 그렇게 되는 편이 훨

씬 좋아요. 난 천천히 화장실 문을 밀고 조심스레 안으로 들어갔어
요.

　어머니, 오늘 난 당신께 편지를 쓰지 않았어요. 알고 있었나요?
난 당신을 생각하지 않고 당신은 존재하지도 않아요. 난 당신을 부
정하며 살아갈 것입니다. 가끔 자신에게 말하죠. '오늘은 엄마를 생
각하지 말자. 이렇게 복수하는 거야.'

　화장실에는 등을 돌린 채 웅크리고 앉아 있는 소녀가 있었습니
다. 그녀가 누군지는 알아볼 수 없었어요. 그녀는 돌아앉아 있었고
그 곳은 매우 어두웠기 때문이지요. 이쯤 되면 어딘가에 떠 있을 달
이 날 내려다보며 웃고 있을 거예요. 지옥에 떨어져 괴물이 자신을
삼켜버릴 거라 지레 짐작하며 조심스레 문을 열었는데, 기껏 변비
통으로 고생하는 한 소녀를 발견한 작은 아이를 바라보면서 말이
죠. 달은 여인들을 비웃기 위해 하늘에 떠 있는 게 아닐까요?
　나는 눈앞에 있는 검은 형체를 보았어요. 대장 경련으로 몸부림
치는 실루엣이었죠. 똥 누는 한 소녀를 지켜보기 위해 여기까지 내
려오다니! 이건 정말 코미디야! 역겨워! 그런데 그 소녀 몸에서 이
상한 냄새가 나는 한 덩어리의 물체가 나왔어요. 소녀는 버둥거리
며 이를 악물었지요. 그녀는 성모 마리아를 애타게 부르고 있었어
요. 구역질이 나서 난 밖으로 나가려고 했습니다. 그녀의 몸에서 나
오고 있던 물체는 자궁에서 완전히 나오지 않고 있었고요.

어머니, 날 비난하지는 마세요. 지금까지 사람들이 똥 누는 모습을 엿본 적은 한 번도 없었어요. 그런 일엔 흥미가 없었거든요. 하지만 난 그곳에 좀 더 남아 있기로 했습니다. 뭔가 나를 잡아당겨 그곳에 머물게 했어요. 사실 난 그런 배설물을 본 적도 없었고, 배설을 위해 그토록 고통스러워하는 걸 본 적은 더 더욱 없었습니다.

그런데 바로 그때 절대로 있을 수 없는, 해괴하며 희극적인 일이 일어났습니다. 똥이 울기 시작한 겁니다.

어머니, 난 아무 쓸모없는 존재이며 세상에 존재한다고 할 수도 없어요. 바로 이 순간에 죽어도 괜찮아요. 내가 죽으면 곧 잊히겠지요. 날 기억하는 사람은 아무도 없습니다. 그 누구도 날 마음에 두지 않아요. 하지만 나는 이런 상황을 슬퍼하지 않습니다. 오히려 날 편안하게 해요. 책임져야 할 사람이 없으니 미친 짓을 할 수도 있어요! 아무 이유도 없이 누군가를 죽이는 일 같은 짓 말예요. 만일 내가 누군가를 죽인다면, 나는 동정심으로 용서받을지도 모르죠. 그러나 사람들은 견딜 수 없이 잔인하게, 조용히 날 처벌할 거예요. 그런 처벌이 정당한 것처럼 말이죠. 이건 확실해요. 어쩌면 내 행동은 이해될 수도 있어요. 난 쓸모없는 존재거든요.

내가 쓸모없는 존재라는 것은 굳이 증명할 필요도 없어요. 나는 자신이 세상 어디에서든지 존재한다고 느끼지만 실제로는 이 세상 어디에도 내가 존재하는 곳은 없어요. 이런 생각을 하면 화가 나요.

이 건물 벽 너머로, 끝없이 흘러넘치는 물과 강한 바람에 갈대조차 남아나지 못하는 진흙 섬들이 있다고 상상해 봅니다. 그런 곳에 내 존재는 없습니다. 나는 물 위에까지 퍼져 있는 신의 영과는 같을 수가 없습니다.

내가 스스로 어디에나 있다고 생각하는 것과는 정반대의 방법으로, 세상 어느 곳에나 존재하는 신은 그 사실에 어떤 느낌을 가질까 궁금해요. 신은 모든 개체 안에 존재합니다. 그러나 나는 공상 안에서만 어디든지 존재하죠.

세상에서 내 존재가 드러나는 곳은 아무데도 없어요. 그리고 그런 공간은 끝없이 넓어요. 그걸 생각하면 현기증이 나요. 하지만 내 존재가 드러나지 않는다는 생각 또한 착각에 불과합니다. 어느 날 내 실체가 여기 나의 피부 안에 존재하고, 나를 형성하고 있음을 깨닫습니다. 실제로 며칠 전부터 발톱 하나가 살 속을 파고들었어요. 오른쪽 엄지발가락에서 통증을 느꼈죠. 이런 일이 생긴 건 내가 여기, 항상 여기 내 자리에, 나를 둘러싼 피부 안에 있었기 때문이죠. 그 안에 있는 나의 실체는 통증을 더 이상 참아내지 못하고 힘을 가해요, 자신을 느끼게 해요, 날 찔러요.

"왜 말이 없니?"
"네가 날 부르지 않잖아." 내 죽음이 대답한다.
"널 방해할까봐 그래."
"난 널 지켜보고 있어. 그걸 꼭 기억해. 난 항상 여기에 있어."
"내가 보호받고 있다고 생각해도 될까?"

“날 원한 건 바로 너야.”

“우리는 서로 너무 달라. 착각하지마, 넌 강력하지만 내겐 별로 중요하지 않아.”

“네가 날 원하지 않는다면 난 어쩔 수 없어.”

“그러지 마, 여기 있어 줘. 하지만 내가 쓸모 있다고 생각하게 해 줘.”

내 죽음은 내 제안에 미소를 보내는 것 같다. 늘 그렇듯이 그녀는 매우 부드럽다.

“네가 쓸모 있다고 생각하니? 어떻게?” 그녀가 묻는다.

“널 위해 내가 살인이라도 하길 원하니? 내가 아무 수녀님이나 살해하길 원해?”

“어리석은 소리! 난 단지 너의 죽음일 뿐이야. 네 죽음은 다른 누구의 것이 아니야. 탈선해선 안 돼. 너 자신을 흐트러지도록 내버려 두지 마.”

“그렇다면 넌 날 필요로 하지 않는 거야?”

“그래.”

“네가 날 좋아한다고 생각했어. 내게 뭔가를 요구할 거라고 생각했어.”

“너는 혼자 질문하고 혼자 대답하려고 해.”

“너는 오만하게 날 내려다보기만 해! 여기서 나가 줘.”

화장실에 웅크리고 앉아 있는 소녀 몸에서는 배설물에 매달려 있는 뱀 같은 물체가 나왔어요. 뱀 같은 물체의 끝은 아직도 소녀의 자궁에 달려 있고 머리는 갓 태어난 생명체의 배 위에 위태롭게 매달려 있었죠. 소녀는 힘겹게 작은 생명체를 들어 올려 배에 달려 있는 뱀 같은 물체를 입으로 물어뜯어 떼어냈어요. 그것은 아직 한쪽 끝은 소녀 자궁에 매달린 채 바닥에 무기력하게 둘둘 말려 있었어요.

난 계단 위로 쏜살같이 달아났어요.

내가 그 장면을 목격한 건 네 살 때였습니다. 인생에 대해 아무것도 모를 때였죠. 난 지금 거의 열여섯 살이 되었어요. 하지만 인생에 대해서는 그때보다도 더 몰라요.

많은 세월이 흐른 지금, 냉철하게 생각해 보면 그 소녀가 그토록 애타게 성모마리아를 부른 이유를 이해할 수 있어요. 제대 뒤 벽면을 응시하다가 난 하느님의 어머니를 바라봅니다. 성모마리아는 발로 뱀을 밟고 있습니다.[1] 성모마리아는 용기 있게 당신 몸에서 나온 무서운 괴물을 물리쳤습니다. 그리고 하느님의 어머니는 이미 온순해진 괴물을 팔에 안고 있어요. 그 괴물은 발그스레한 얼굴에 미소를 짓는, 작고 순진한 아기지요. 하느님의 어머니는 그 괴물을 길들였어요.

---

1) 뱀은 인간에게 원죄를 교사했다.(구약성서 창세기) 성모마리아가 뱀을 밟고 있는 모습은 원죄로부터 자유로움을 상징적으로 나타낸다.

그날 밤 이후 난 몇 달 동안 변비로 고생했습니다.

그 소녀는 어떻게 임신한 사실을 숨겼을까요? 출산하기 몇 달 전 그 소녀는 배를 꼭 졸라맸을 거예요. 임신한 사실이 발각되는 두려움, 그 고통이 얼마나 컸는지 아무도 모를 겁니다. 그녀는 정말로 우리 중의 한 소녀였을까요? 혹시 어떤 수녀님이었다면? 알 수 없는 일이죠. 그로부터 많은 시간이 흘렀어요. 적어도 십일 년이 흘렀죠. 난 그때 어린아이였어요. 네 살 아니면 기껏해야 다섯 살이었을 때 어느 날 밤, 분만이 뭘 의미하는지도 모르면서 화장실에서 그 장면을 목격했어요. 주위는 어두웠고 산모는 등을 돌리고 있었죠. 그날 밤 세상에 태어난 아이는 어떻게 되었는지 알 수 없어요. 여자아이였다면? 우리들과 함께 살고 있을지도 몰라요. 화장실 안에서 죽지 않았다면 지금쯤 열한 살이 되었을 거예요. 불쌍한 아기.

신생아가 발견되었다면 수녀님들은 확실하게 스캔들을 무마시켰을 거예요. 수녀님들이 고아원 벽감 안에서 누군가 두고 간 신생아를 발견한 것처럼 일을 꾸미는 건 너무 쉬운 일이죠. 한 아이를 더하거나 한 아이를 빼는 건……

희미한 기억이지만, 그 사건이 일어난 지 얼마 되지 않아 새로 들어온 아기들을 받아들이는 세례식이 거행되었어요. 이런 행사는 고아원에서 통상적으로 행해지는 의식이죠. 앞으로는 좀 더 주의 깊게 내 친구들의 얼굴과 젊은 수녀들의 얼굴을 살펴봐야 할지도 모르겠어요. 있을 수 없는 일은 아니잖아요. 임신했던 사람이 수녀가 아니었다고 누가 확신할 수 있겠어요? 엄마와 딸 사이에 서로 닮은 공통점을 발견하기 위해 열 살쯤의 소녀들과 스물다섯 살 이상이 된 여인들의 얼굴을 비교해 보아야만 해요. 어머니, 어쩌면…….

어머니, 이 이야기를 써 내려 가는 동안 난 전율을 느낍니다. 이 사건과 똑같은 일이 어머니 당신에게, 나와 당신에게 일어날 수도 있었다고 생각해 보았어요. 당신도 만약 이 안에 있다면? 혹시 당신도 이 안에서 날 낳았나요? 어쩌면 당신도 수 백 명의 여인들과 소녀들이 살고 있는 이 고아원에 살면서 매일 날 바라보고, 당신 역시 불면증에 시달려 밤이 되면 숨어서 밤새껏 날 지켜볼 수도 있어요. 이 근처 어딘가에 홀로 남아 내가 당신에게 편지를 쓰다가 당신을 찾아가길 기다리고 있을지도 모르죠. 당신이 이 안에 살고 있고, 지금 이 근처에 있다는 사실을 전혀 모르는 나는 당신이 어디에 있는지 아무도 모른다고 믿고 있어요.

어제 난 당신께 편지를 쓰다 말고 울었습니다.

당신에 대한 분노가 폭발했습니다. 더 이상 당신께 편지를 쓰지 않겠어요.

"넌 자신을 조롱하고 있을 뿐이야." 나는 침묵을 지킨다. 나의 죽음에게 더 이상 대답하지 않는다.

"왜 대답이 없어?"

"너와 더는 말하고 싶지 않아." 죽음에게 대답한다.

"대화를 원하지 않은 건 바로 나야. 내가 입을 열면 넌 영광으로 생각해야 돼. 네게 진정한 선물을 주는 거야."

"기세가 등등하구나."

"너 미쳤니?" 내 죽음은 친절하게 웃으면서 말한다. 날 미치게 만드는 건 내 죽음은 한번도 얼굴 표정을 바꾸지 않고 늘 친절하게 날 대한다는 것이다.

"내가 없는 너는 존재의 의미가 없어. 나 없는 나의 죽음은 있을 수도 없고 너 역시 존재하지 않아."

"내가 보기에 우리 대화는 공허해. 좋아, 더 이상 말하지 않을게. 다시 말해서……."

"미안하지만, 하던 말 계속해 줘. 부탁이야."

"오……, 전번에도 말했잖아. 넌 분명한 사실을 부정하고 있어. 네 어머니가 이 안에 살고 있다는 착각에 사로잡혀 있어."

"그게 불가능하다고 생각하니?"

"거의 가능성이 없어."

"그렇게 말하는 건……."

"네 맘대로 생각해. 하지만 이 기숙사에서 너와 가까이 있는 유일한 사람은 나야. 이 사실을 이해하지 못하는 한 너는 헛고생만 하게 될거야."

우리는 모두 똑같은 옷을 입어요. 목 주위를 감싸는 옷깃이 달린 회색 원피스를 매일 입지요. 성당에서 연주할 때는 빨간색 원피스를 입어요. 유니폼으로 인해 서로가 구분이 안 되지만, 유니폼은 이

따금 정반대의 효과를 주기도 합니다. 각각의 얼굴에 나타나는 개성들을 더욱 도드라져 보이게 하거든요.

우리가 자신을 표현할 수 있는 유일한 방법은 얼굴입니다. 친구들의 개성은 이 작은 타원형 얼굴에 모두 집약되어 있어요. 소녀들이 내게 말을 걸어 오면 난 그들의 얼굴을 똑바로 바라볼 수조차 없어요. 그들의 표정이 너무나 강렬해서 마치 날 때리기라도 할 것처럼 보여지기 때문입니다. 소녀들의 얼굴은 마치 그들의 마음에 의해 조각된 조각품처럼 보입니다. 피부 바로 아래 근육들은 교육받은 대로 겸손한 표정을 지으며 움직이지만, 사실은 남들이 알아채지 못하는 사이 근육들이 경련을 일으키고 서로 충돌하는 힘을 나는 느낄 수 있습니다. 그들의 얼굴에는 자기의 성격이 고스란히 조각되어 있어요.

난 돌처럼 굳은 표정을 짓고, 얼굴을 내보이지 않습니다. 마음을 내보이지 않아요.

어머니, 내가 깊은 밤 계단 위에 앉아서 눈을 뜬 채 수없이 꾸었던 꿈 하나를 들려드리죠. 검은 치마를 입고 배가 산처럼 부른 한 여인이 있었습니다. 여인은 밤에 어두운 도시를 배회하고 다녔죠. 그녀는 쭈그리고 앉아서 똥이 가득 찬 어떤 구덩이에 똥을 누었어요. 볼일을 본 다음 일어나서 옷매무새를 고쳤어요. 그녀의 치마는 향기 나는 꽃들로 덮여 있었죠. 그녀의 배는 날씬해졌고 얼굴에는 윤기가 흘렀어요. 젊고 아름다운 여인이었어요. 그녀는 뒤도 안 돌아보고 그곳을 떠났어요. 피라미드처럼 쌓인 똥 무더기에서 한 아기의 두 눈과 지저분한 얼굴이 보였습니다. 그건 바로 나였습니다.

내일은 4월 21일, 내 생일입니다. 열여섯 번째 생일이죠. 어머니, 놀라셨나요? 당신은 이 날이 내가 태어난 날이라는 것을 기억 못하시겠죠? 당신이 나를 고아원의 벽감에 버려두고 간 바로 그날이에요. 수녀님들이 날 명단에 올린 날이지요. 그분들은 내가 바로 그날, 세상에 태어난 것으로 처리했어요. 공감해요. 난 그분들이 세심할 정도로 공정하게 처리했음을 인정합니다.

내가 이 세상에 진짜로 태어난 날은 고아원으로 들어오던 날입니다. 한 공간의 내부로 들어오면서 난 태어났습니다. 당신은 나를 당신의 몸 밖으로 내보내며 분만한 것이 아니고, 이 건물 안으로 날 들여보내서 분만한 것이지요.

어머니, 몇 년 전 낯선 도시의 밤거리를 방황하는 꿈을 꾼 적이 있었습니다. 난 심한 복통으로 괴로워하고 있었죠. 집집마다 문을 두드리며 안에 들어가 좀 쉬게 해줄 것을 부탁했어요. 하지만 집집마다 눈이 노랗고 이가 듬성듬성 빠진, 사악해 보이는 노파들이 고개를 내밀었어요. 난 배가 무겁게 짓눌리는 느낌에서 벗어날 수 없었죠. 할 수 없이 부끄러움을 무릅쓰고 비웃듯이 쳐다보는 뱃사공들 앞에 쭈그리고 앉아 바닥에 똥을 누었어요. 그곳은 길 한가운데였어요. 뱃사공들은 웃음을 터트렸죠. 그들은 검은 털로 둘러싸인 입을 벌리며 반짝반짝 빛나는 하얀 이를 드러냈어요. 난 뒤를 돌아보았습니다. 내 배설물 가운데에는 온통 더럽혀진 얼굴과 초롱초롱한 두 눈, 자그마한 두 손이 있었어요. 그 신생아는 바로 나였습니다. 난 노래를 흥얼거리며 검은 수염을 가진 뱃사공 무리를 향해 아이로부터 멀어져 갔어요. 내가 잠에서 깨었을 때, 허벅지가 젖어 있었습니다. 첫 생리의 피가 허벅지 사이로 새어 나왔어요.

어머니, 내가 할 수 있는 온갖 방법을 동원해 당신을 그려 보려 노력합니다. 이 맹목적인 행동, 공허함이 남아 있는 빈자리, 보고 싶은 얼굴의 뿌리를 찾아내려 합니다. 그 뿌리를 찾는 데 모든 걸 걸고 있어요. 당신이 날 임신한 사실을 알게 된 날을 상상해 봅니다. 며칠 전, 식당에서 일하는 동료들이 방금 날라다 준 접시 위로 고개를 숙였어요. 그러자 야채수프 표면에 머리 윤곽이 희미하게 나타났죠. 양파와 양배추로 만들어진 얼굴이에요. 난 거의 17년 전으로 돌아가 당신의 모습을 상상해 봅니다. 당신은 야채수프 접시를 향해 고개를 숙였어요. 식탁에는 당신의 부모들이 함께 있어요. 당신은 당신의 수치라고 생각되는 '나'를 가슴속에 꼭꼭 숨기고 있었죠. 당신은 야채수프에 비치는 자신의 모습을 훔쳐보며, 행여나 얼굴에 고민하는 빛이 나타날까봐 전전긍긍 합니다. 하지만 눈에 보이는 건 오로지 양파와 양배추일 뿐. 당신 모습이 비춰진 수프에서는 비위를 상하게 하는 김이 올라올 뿐이지요.

어머니, 식당 테이블에 앉아 있으면 당신은 점점 더 자주 내 앞에 나타납니다. 야채수프에 당신 윤곽이 떠오르면 난 일어나 화장실로

달려가 먹은 걸 토해냅니다.

어머니, 내가 마지막에 도달하는 곳은 결국 당신이에요. 내 의지와 상관없이, 당신을 받아들일 수 없음에도 항상 당신을 향해 있고, 항상 같은 언어로 같은 일들을 당신에게 이야기합니다. 당신은 늘 같은 생각으로 존재하고, 지겹도록 반복되는 대상이고, 입버릇처럼 내뱉는 말이자 원망이고, 지루함을 주는 존재이기 때문입니다.

어머니, 당신의 모습을 애써 그려내려고 할 때 내게 떠오르는 당신을 그려 봤어요. 내가 꿈속에서 본 당신의 모습이란 이런 거예요. 하지만 내 모습을 당신께 말하는 건 아직 내 마음이 허락하지 않아요. 사실은 나도 내 자신의 모습을 잘 모르거든요. 난 거울속의 내 모습을 바라보지 않아요. 이 고아원에는 거울이 많지 않아요. 수녀님들은 소녀들이 갖는 외모의 환상 따위는 아예 무시하거든요. 하지만 모든 것이 무시되는 건 아니에요. 우리들은 언제나 단정한 모습으로 있어야 한답니다. 고아원 대강당의 유일한 대형 거울은 그래서 필요합니다. 우리들이 모든 준비를 마쳤는지 거울에 비춰 볼 수 있게 허락된 시간은 몇 초에 불과해요. 우리의 의지와 상관없이, 거울 속에 비친 자신의 참 모습을 볼 수 있는 시간으로는 충분하지 않아요. 내가 지켜야 할 이곳의 규칙에 위반되는 것이 없는지만 거울에서 확인합니다.

규칙에 따라 회색 원피스를 입은 좁고 탱탱한 입술을 가진 소녀. 소녀는 거울에 비친 내 눈의 깊숙한 곳을 보아요. 내 두 눈을 뚫어져라 쳐다보죠. 난 불편함을 느껴요.

어제는 내 생일이었습니다. 아침식사 때 수녀님들이 큰소리로 생일 축하기도를 해 주셨어요. 기도가 끝나자 식당은 숙연한 분위기에 젖었어요. 잠시 후 막달레나는 내가 한번도 들어본 적이 없는 노래를 부르기 시작했습니다. 친구들이 처음엔 한 사람씩 따라하다 나중엔 모두가 동시에 그 멜로디에 맞추어 독창적인 대위선율로 노래를 불렀어요. 나를 위한 선물이었습니다. 내 이름에 곡을 붙여 만든 작은 합창이었어요. 그녀들이 내 이름을 노래하는 걸 들으니 얼마나 어색하던지! 음악이 너무 감미로워서 노래를 듣고 있는 동안 내 이름이 화음으로 불리는 것에 우쭐한 기분까지 느껴졌어요. 하지만 그런 축복받은 느낌은 내 이름 때문이 아니라 순전히 음악 때문이었어요. 나를 상징하는 나의 이름은 그 음악의 아름다움과는 어울리지 않았고 그 성스러움과도 거리가 멀었죠. 사랑을 담아 내 이름을 부르며 노래하던 백 명의 목소리는 그들의 의지와는 달리 내 이름을 조각내고 있었죠. 마치 태양을 양말 속에 담기라도 하려는 듯이 억지로 내 이름을 음악으로 채우고 그것을 갈기갈기 찢고 있었어요.

"난 네가 필요해."

"난 여기 있어." 내 죽음이 응답한다. 그녀의 단조로운 친절함은 너무 기계적이라는 느낌이 들기 시작한다.

"넌 내 목소리를 통해, 내가 진실을 말하지 않는다고 생각하는 거지?" 내 죽음이 눈치를 챈 듯하다.

"넌 내 생각을 읽고 있니?" 난 당황해서 반문한다.

"물론이야, 놀랐어?"

"아니, 네 말이 맞아. 네게 한 가지 물어보고 싶은 게 있어."

"말해 봐."

"네겐 엄마가 있었던 적이 없어?"

"네 죽음 역시 엄마가 있는지 알고 싶은 거구나."

"그래."

"그리 어려운 질문은 아니야."

"그렇다면 말해 줘." 난 그녀에게 부탁한다.

"네 엄마가 바로 네 엄마야."

"그렇다면 우린 자매네."

"우린 쌍둥이라고 말할 수 있지."

"너도 엄마에게 버림을 받았니?"

"왜 그걸 알려고 하는 거야?"

"너도 나처럼 홀로 버려졌다는 걸 알게 되면 괴로울 거야."

"네 엄마가 네 죽음도 보살피길 바라는 거니?"

"그래."

"이미 널 세상 밖으로 내보내며 그 일을 했어."

난 이렇게 십 여 년 전에, 우리가 세상에 어떻게 태어나는지 알게 됐습니다. 배설을 하면서 분만을 한다는 사실을 말이죠. 어머니, 그 날 밤 이후 똥을 누고 싶은 신호가 오면 내가 어떤 마음으로 화장실에 들어갔는지 당신은 상상이 가나요? 똥을 눈 뒤 내게서 나온 배설물을 보기 위해 뒤를 돌아볼 용기가 없었어요. 뒤로 돌아설 용기는 없었지만 화장실에서 바로 나오지 않고 일정한 시간을 조용히 기다렸어요. 혹시나 어깨 너머로 아기 우는 소리가 들리지 않나 확인하기 위해서였죠.

어머니, 난 그날 저녁의 사건 이전에는 세상에 어머니라는 존재들이 있는지조차 알지 못했습니다. 아주 어렸을 때, 나는 어머니에 대한 그리움은 물론 환상도 갖지 않고 살았어요. 상상할 수 있나요? 어머니란 존재가 없는 세상을 말입니다. 나에게 당신은 한 번도 어머니였던 적이 없고, 지금 이 순간도, 앞으로도 영원히 내 어머니가 아닐 겁니다.

어느 날 한 아이가 몰래 불에 다가갔어요. 냄비 안에 있는 물 위에 자신의 얼굴을 비춰 난생 처음으로 자기 얼굴을 보기 위해서였죠. 아이는 자신의 비밀, 모든 사람들이 알고 있지만 자신만 모르는 비밀을 밝혀내고 싶었어요. 아이는 물 위에 비친 자신의 얼굴을 통해 진실을 알아내려고 냄비 위로 고개를 숙였죠. 하지만 물 위에 비친 모습은 산산이 부서졌어요. 물이 끓고 있었기 때문이었죠. 냄비 바닥에 맑고 작은 물방울들이 만들어졌고 이 물방울들은 점점 커져갔고, 클대로 커지자 격렬히 움직이며 위로 올라오려고 서로를 밀쳤어요. 이처럼 여자들도 배가 불러오면 자신들을 견디지 못하나 봐요. 그들의 배는 마침내 터져버려요.

어렸을 때 주변에서 '우리는 모두 하느님의 자식들'이라는 말을 듣곤 했죠. 난 그 말을 전부 믿었어요. 주위에 있는 어린 친구들, 나이든 친구들과 수녀님들을 보고 우리 모두를 하느님이 당신 손으로 직접 만들었다는 확신을 갖게 되었어요. 고아원에 아이들이 부족하게 되면 하느님은 준비되는 대로 고아원 벽감에 새로운 아이를 놓아 두셨어요.

어느 날 우리들은 건물 사이에 있는 마당에서 놀고 있었어요. 유리문이 열리고 어떤 부인이 나타났습니다. 부인 옆에는 아멜리아 수녀님이 함께 있었어요. 아멜리아 수녀님은 젊은 수도자였고 고아원에 온 지 얼마 안 되는 분이었습니다. 지금 생각해 보면 우리 친구의 이름은 아나스타시아였어요. 난 그 일을 결코 잊을 수 없어요. 아마도 영원히 잊지 못할 거예요.

아멜리아 수녀님은 손에 목걸이를 들고 있었는데 거기엔 반으로 쪼개진 동전이 달려 있었어요.

"아가야, 이리 오렴."

낯선 부인은 우리 친구에게 말했습니다.

우리 모두는 아나스타시아 뒤를 졸졸 따라갔죠. 우리는 대여섯 명 정도였어요. 부인은 팔소매에서 팔찌를 꺼냈어요. 그 팔찌에는 아멜리아 수녀님이 손에 쥐고 있던 목걸이에 달려 있는 동전과 비슷한 반쪽짜리 동전이 달려 있었습니다.

우린 가까이서 보았어요. 반쪽짜리 동전 두 개는 완벽하게 하나의 동전이 되었어요. 동전 위에 도드라지게 새겨진 두상이 만들어졌어요. 그 주위에 있던 두 개의 글씨 조각, 아나스(anas)와 타시아(tasia)가 다시 합쳐졌어요. 그 이름은 마치 그 동전에 새겨진 두상 주위의 후광처럼 완벽하게 돌아와 빛나기 시작했죠.

"엄마!"

우리 친구는 부인 목에 매달리며 외쳤어요.

그후, 우리는 아나스타시아와 부인을 더 이상 보지 못했습니다. 아멜리아 수녀님도 마찬가지였어요. 나중에 알게 된 사실은 수녀님이 고아원에 살고 있는 몇몇 아이들이 보는 앞에서 모녀의 만남을 허락한 사실 때문에 심하게 질책을 받았대요. 그들의 만남이 내 눈 앞에서 이루어졌거든요.

그날 사건 이후, 때때로 어떤 아이들은 병에 걸리지도 않았는데 갑자기 사라져 고아원에 더 이상 모습을 나타내지 않게 된 이유를 알게 되었죠. 병에 걸렸을 때 고아원 밖으로 후송되는 아이들도 있었어요. 가끔 영영 돌아오지 못하는 경우도 있었죠. 그들은 우리들 눈에서 멀리 떨어진 곳에 매장되었어요. 그러나 다른 경우엔 그들의 구원인 엄마가 찾으러 와서 고아원을 떠나는 아이들도 있었던 거죠.

대부분의 친구들은 한 가지 신표를 몸에 붙인 채 고아원 벽감에 버려집니다. 그 신표들은 반으로 잘라진 메달이거나 찢어진 상본 조각 같은 거예요. 훗날 자신의 딸을 데려가기 위해 고아원을 찾아오는 사람의 신분 확인을 위한 표시입니다. 자신이 지닌 반쪽짜리 신표와 기록보관실에 있는 나머지 반이 완벽하게 들어맞으면 엄마가 확실한 거죠.

어머니, 당신도 이런 방법을 택하셨나요? 당신도 날 버리던 날 밤, 고아원 벽감에 신표를 남겨 두셨나요? 나는 그 사실을 아는 것만으로도 만족해요. 달리 말하면 당신 마음속에 나를 다시 찾으러 오려는 의도가 있었느냐는 것이죠. 이미 16년이란 세월이 흘렀어요. 당신은 영영 오지 않으시겠죠. 난 어떤 환상도 갖고 있지 않아요. 하지만 만약 이곳에 날 두고 갈 때 신표를 남겼다는 사실을 내 눈으로 확인한다면, 적어도 당신이 마음속에 한 가닥 가능성을 남겨 놓았다는 것을 알 수 있겠죠. 그러고 나서 당신이 사라졌다 해도 그건 중요하지 않아요. 아나스타시아 어머니처럼 날 찾으러 오지 않는다고 해도 상관없어요. 신표를 남겼다는 것은 날 계속해서 당신의 딸로 여기기로 마음먹었다는 것을 의미합니다. 내가 당신을 나의 어머니로 인정하고, 당신을 어머니로 대하는 것을 허락하는 일이죠.

반으로 나누어진 하나. 불완전한 두 조각. 각각의 조각은 자신에게 부족한 다른 반쪽을 향해요. 반쪽을 그리워하고, 반쪽을 열망하고, 반쪽을 증오합니다.

내가 당신을 원망할 수 있는 이유는, 당신을 원망하는 방법과 수단을 당신이 내게 만들어 줬기 때문입니다. 어머니, 선뜻 이해가 안 되겠지만 잘 생각해 보세요. 내가 만일 당신 곁에서 살았어도 당신을 미워하기는 마찬가지였을 거예요. 오히려 이 순간 이곳에서 당신을 증오하는 것보다 더 미워했을지도 모릅니다. 하지만 거기엔 근본적인 차이가 있어요. 당신 집이 저택이건 혹은 오두막집이건 내가 당신과 함께 살았다면 이곳에서 내가 받았던 교육을 받지 못했을 거예요. 당신 집에서 당신은 내게 읽고 쓰는 법조차도 가르치지 않았을 테니까요. 나의 이런 저주가 구체화 될 수 있게 만든 당신이 원망을 듣는 것입니다.

　　"넌 은혜를 모르는 친구야."

　　"내가 너에게 무슨 잘못이라도 했니?"

　　"넌 파리나 한 줌의 먼지처럼 하찮은 존재가 되길 바라지. 아예 태어난 걸 후회하는지도 몰라."

　　"왜 이런 말을 하는 거야?"

　　"진심을 말해 줘."

　　"난 내가 뭘 원하는지 정확히 모르겠어. 어쩌면 네가 옳을지도 몰라. 현재 내 모습에 대해 잘 알고 싶지도 않아. 하지만 내가 어떤 존재이길 바라는지 모른다고는 할 수 없어."

　　"지금 무슨 말장난을 하고 있는 거야? 넌 억지를 부리고 있어. 넌 비탄에 빠져 있어."

　　"넌 현재 네 모습에 만족하니?"

　　"나?"

　　"그래, 너."

"내 모습이 어떤지 한번 들려줘."

"내가 본 대로라면, 네 머리는 끊임없이 괴로워하며 서로를 물어 뜯는 무서운 검은 뱀들로 가득 차 있어. 뱀들은 자신들의 혀에 독이 있다고 착각하고 서로 입을 맞춰. 너 스스로 이렇게 되길 선택한 거니? 아니면 그런 상황을 받아들일 수밖에 없었던 거니? 누가 널 이렇게 만들었고, 누가 널 이런 고통 속에 밀어 넣었니?"

난 여자 몸에서 태어난 유일한 사람은 오직 아기 예수라고 믿었습니다. 제대 벽 위에 걸려 있는 저 빛나는 여인의 팔에 안겨 있는 예수를 보면서 난 자신에게 말하곤 했죠. '예수는 저 여인 몸에서 나온 복된 열매라고 불린다.' 성모마리아는 당신 몸에서 아기를 출산하는 선물을 받았어요. 반대로 불완전한 우리 여자들은 운명적으로 죄를 지니고 태어난 몸에서 또 다른 불완전한 생명체를 출산하지요.[2]

그들의 중요한 차이를 제대 위에 그려진 벽화를 보며 깨달았어요. 벽화 속 아이들은 어깨에 한 쌍의 날개를 달고 있어요. 그리고 그들은 허벅지 사이에 또 하나의 불완전함을 갖고 있었죠. 날개보다는 작은 결함이지만 이상하기는 마찬가지였어요. 첫 번째 아기부터 마지막 아기까지 모든 아기들에겐 손가락만한 형체가 허벅지 사

---

2) 가톨릭교회의 '성모의 원죄 없으신 잉태' (Concepsione Immaculata)에 관한 교리. 마리아는 하느님 계획에 의해 원죄 없이 잉태되었음을 말함

이에 매달려 있어요. 난 날개와 마찬가지로 그것은 저 특별한 존재들의 특성이라고 믿었어요. 남자들이 어떻게 생겼는지 난 천사의 성을 통해서 알게 되었지요.

수년 간 내가 가까이서 본 유일한 남자는 쥴리오 신부님이었습니다. 그분 역시 제대 뒷벽에 그려져 있는 천사들과 같은 모습이란 걸 생각하면 절로 웃음이 나와요. 그분을 생각하면 그분 다리 사이에 달려 있는 부드러운 손가락 같은 형체와 수프의 재료가 되기 위해 털이 반쯤 뽑힌 암탉의 날개처럼 털 빠진 앙상한 날개가 연상되죠. 쥴리오 신부님 또한 성모마리아 주위를 여기저기 날아다니겠죠. 늙은 천사도 있을 텐데 왜 사람들은 항상 젊은 천사들만 그리는 거죠?

난 어릴 때 남자가 뭘 뜻하는지도 몰랐어요. 내가 아는 유일한 남자는 쥴리오 신부님이었으니까요. 그분도 수녀님들의 옷이나 우리들의 옷과 비슷한, '수단'이라 불리는 치마를 입은 노인이죠. 그분의 얼굴은 할머니 수녀님들의 얼굴보다 더 추하다거나 털이 많지 않았지만, 목소리는 할머니 수녀님들의 목소리처럼 쉰 소리를 내죠. 내가 그분 학생이 되었을 때 그분은 이미 늙어 있었어요. 쥴리오 신부님은 우리가 연주하는 모든 곡과 미사 때 부르는 합창, 모테토[3]를 작곡해요. 난 아주 어린 시절부터 그분의 음악을 연주했어

---

3) 가톨릭교회의 전례용 종교음악.

요. 오랜 시간 동안 나의 음악은 쥴리오 신부님과 일치했어요. 음악
은 쥴리오 신부님 그 자체였고 다른 아무것도 아니었죠. 다른 사람
이 작곡한 음악이 존재한다는 사실도 몰랐어요. 음악은 고아원을
절뚝거리며 돌아다니는 저 노쇠한 육체에 갇혀 있다가 어느 순간
밖으로 나와 악보와 연습실들, 성당과 우리들의 몸을 채웠어요.

쥴리오 신부님이 새 악보를 갖고 와서 우리에게 각자의 파트를
옮겨 쓰게 할 때, 난 그 안에 무엇이 있는지 살펴보지 않고도 그분
의 음악을 뻔히 알 정도로 신부님을 너무 잘 알아요. 그분은 나의
한 부분이죠.

"넌 나의 한 부분이지?"

"네 생각은 어때? 질문으로 대답하는 건 예의가 아니라는 걸 알
아. 하지만 네 질문은 현명하지 못해." 나의 죽음은 대답 대신 질문
을 한다.

"왜 처음에 내가 널 곁에 두지 않았는지 알아? 그땐 막달레나 침
대 받침목에서 거스러미를 떼어내는 것으로 충분했거든. 그런데 어
느 날 밤 네가 찾아 온 거야." 나의 죽음은 잠시 침묵한다.

"사람들은 나이가 들면 찾아오는 현상이라고 말해."

"무슨 말인지 이해가 안 가."

"네 나이 때 자신의 죽음에 대해 생각하기 시작한다는 말이야."

"정말?"

"다른 친구들도 마찬가지야."

"네가 그걸 어떻게 알지?"

"네 동료들 가운데 나이 많은 친구들과 수녀님들을 보는 너의 시선에서 알 수 있어."

"내가 뭘 어떻게 했는데?"

"사람들과 이야기할 때 너는 그들 입 속의 썩은 치아를 통해 그들이 살아오면서 내뱉었던 모든 말들을 상상하지. 또한 넌 그들 눈을 똑바로 바라보지 않고 조금 아래쪽을 보며 무겁고 어두운, 그들의 풀린 눈동자를 통해 그들이 세상에 나온 뒤로 봐 왔던 모든 것들을 포착하려고 노력하거든."

어머니, 이런 종이에 편지를 쓰더라도 내게 뭐라고 하지는 마세요. 이건 여기서 구할 수 있는 유일한 종이랍니다. 깨끗한 용지는 없어요. 그건 너무 귀하거든요. 악기 연주자들과 노래하는 소녀들은 자신의 파트를 옮겨 쓰는 데만 깨끗한 종이를 사용할 수 있어요.

난 잘못 쓴 용지들을 지우고 버리지 않아요. 오래된 용지, 악보를 옮겨 쓸 때 실수로 찢어진 용지들, 폐기처분될 종이들을 모아요. 난 최선을 다해 이 낡은 악보의 오선지 사이의 여백에 편지를 써요. 불쾌해하실 필요는 없어요. 당신께 이런 여백에 쓴 글을 드리는 건 존경심이 없어서가 아니에요. 악보와 단어들로 빼곡히 차 있는 이 종이들을 한번 보세요. 내 일상과 너무나 닮아 있어요. 시간은 나의 것이 아니죠. 나의 시간들은 내게 속한 것이 아니에요. 태어났을 때부터 나는 이 안에서 남들이 시키는 것만을 해야 했어요. 일상이 빠

듯하다 보니 마음속의 생각들을 남아 있는 공간에, 어쩌다 비어 있는 여백에 써 두어야만 해요. 자투리 시간 중에 시간과 공간이 허락될 때마다 난 당신을 생각합니다. 그렇다고 당신이 내게 종속된 존재라고는 절대로 생각지 말아주세요. 당신은 너무 소중해서 나는 당신을 사방에 두어요. 그곳이 어디든 빈자리만 있으면 그 자리는 당신 것이죠. 당신은 마치 공기와 같습니다.

어머니, 당신께 글을 쓰기 위해 오선지를 사용하는 것은 다른 종이를 찾을 수 없기도 하지만, 내가 써 내려 가는 언어들은 당신을 위해 노래하는 내 생각의 멜로디이기 때문입니다. 단어들이 똑바로 줄 맞춰 쓰였다 해서 그 말들이 한 가지 돈으로 이루어진 건 아니에요. '기리에'[4]나 '알렐루야' 악보 위에 편지를 쓴다면 당신은 내가 쓴 구절들을 마치 시편처럼 합창으로 노래할 수 있을 거예요. 아니면 독창으로 하프시코드 반주에 맞추어 레치타티보처럼[5] 노래할 수 있을 거예요. 하지만 이 말은 그저 환상에 지나지 않아요. 자신을 합리화하기 위해 내 상상이 지어낸 말이지요. 사실은 용기를 내어 백지를 몰래 가져와야만 하는데 들키는 게 두려운 거예요. 어쩌면 한 번 사용한 종이의 여백 역시 위험할 수도 있어요. 수녀님들은 내가 당신에게 편지를 쓰기 위해 밤을 지새우는 걸 알면 내게서 모든 걸 빼앗을 거예요. 그분들은 이해심이 많지만 내가 당신께 편지

---

4) Kyrie. 가톨릭교회의 미사예절의 한 부분. 하느님의 자비를 구하는 기도문.
5) 레치타티보(recitativo) 서창(敍唱). 말하는 것처럼 하는 노래.

쓴다는 사실을 알게 된다면 좋아하지 않을 게 분명해요. 내가 당신과 관계를 계속 이어가는 걸 받아들이지 않을 거예요. 어쩌면 그분들은 당신이 어디에 있는지 내가 안다고 믿을지도 몰라요. 누군가로부터 그 사실을 알게 되었거나, 내가 당신을 추적하여 이 편지들을 전하기 위해 당신과 비밀리에 접촉을 시도한다고 생각할 수도 있어요. 그렇지만 이게 편지인가요? 내 생각에 이건 창문 앞에서 팔짱을 끼고 텅 빈 정원을 향해 몸을 내미는 것과 같은 거예요. 고독 속에서 허공을 향해 내뻗는 맹목적인 몸부림이죠.

엊저녁에 당신께 내 언어들이 노래로 불리어지는 걸 상상해 보시라는 엉뚱한 말을 했지요. 지금은 반대의 경우를 상상해 보세요. 음악과 목소리가 없다면 내 언어들은 조화를 깨고 조화를 방해하는 소음이 됩니다. 오늘 연주실에서 연습하는 동안 억수같이 퍼부었던 빗소리 같은 것이죠. 날이 어두워지고 바람이 창문을 흔들며 방들 사이를 지나갔습니다.

가끔 줄리오 신부님이 우리들을 어떻게 바라보고 있을지 궁금할 때가 있어요. 그분은 오래 전부터 매일 이곳에 와서 가장 어린 아이들에게 바이올린 잡는 법과 목소리 톤을 유지하는 방법부터 가르치죠. 아이들을 가르칠 때 그분은 어떤 느낌일까? 또, 그분에게 우린 어떤 의미일까? 그분은 우리들과 공감할까? 우릴 좋아하나? 우리들 각자에게서 서로 다른 개성을 보고 있을까? 아니면 개미굴의 개미들처럼 단지 한 집단의 일부분으로서 우리를 생각하고 있을까?

우리는 단지 그분의 음악을 위한 도구인가? 하지만 이런 질문을 던지는 것조차 부질없는 일일 거예요. 쥴리오 신부님은 이미 음악에 관심이 없어요. 오래 전부터 항상 같은 음악을 작곡하죠. 같은 미사곡, 같은 모테토, 어떤 장엄미사곡이라도 멜로디는 똑같아요. 그분은 이제 지치고 늙었어요. 반복을 일삼을 뿐이죠.

우리 악기 연주자들은 대부분 젊어요. 우리들은 젊은 피를 이처럼 죽은 음악에 쏟아 붓고 있습니다. 쥴리오 신부님의 음악을 연주할 때, 나는 마치 늙은 여인의 메마른 피부를 내 몸에 걸치고 있는 느낌이 들어요. 탄력 있고 싱싱한 내 육체를 그런 메마른 피부로 덮고 있어요. 그 피부는 부풀어 오르고 축 쳐시며 씻어져요. 우리가 그의 음악을 연주할 때 그의 음악은 산산이 부서집니다.

오늘 기리에를 연습할 때, 쥴리오 신부님이 너무 빨리 연주한다고 한마디 했어요.

"너무 충동적이야. 이건 알렐루야가 아니라고!"

그분은 작은 목소리로 중얼거리셨어요. 큰소리로 꾸짖을 힘조차도 없어요. 그분의 음악과 우리들 중 어느 쪽이 더 힘이 있는지 이해하기 어려워요. 그분의 음악은 우리에게 노인이 될 것을 강요해요. 우리를 지배하려 하고 느리게 만들며 녹슬게 만들어요.

"어쩌면 널 옆에 두는 게 더 편할지도 모른다고 생각했어."

"내가 떠나길 바라는 거니?" 나의 죽음이 거북할 정도로 친절하게 말한다.

"제발 그런 식으로 말하지 마."

"난 너를 한 번도 함부로 대한 적이 없었는데……."

"넌 옆에 두기에 더 이상 무서운 존재가 아니라는 것을 그저 말하고 싶었던 거야."

"날 모욕할 생각이니?"

"너보다 훨씬 불행한 것들이 있다는 것을 말할 뿐이야."

"한번 들어볼까?"

"노화와 질병이야."

"네 눈으로 너의 노화, 너의 질병, 너의 굴욕을 보고 싶은 거니? 내 자리에 그것들을 불러들일 생각이니?"

"그것들에 대처하기가 죽는 것보다 훨씬 더 어렵다는 걸 네게 알려 주고 싶었어."

"내게 그런 말을 다 하다니 어쩐 일이야?"

"네겐 주인의식이 없어 보여."

"아, 바로 그거구나!"

"화났니?"

"전혀. 나는 모든 사람한테 비난받는 데 익숙해져 있거든."

줄리오 신부님의 음악은 아무것도 할 수 없는 무기력한 사람을 위해 쓰인 음악이에요. 어쩌면 그런 이유로 우리에게 이 음악을 연주하게 하는지도 몰라요. 우리는 이 고아원의 포로이거든요. 나이 드신 수녀님들과 우리 사이에 무슨 차이가 있을까요? 여기 있는 모든 사람들, 젊은 사람이나 늙은 사람들, 소녀들이나 수녀님들은 항상 이곳에 갇혀 살아요. 어떤 수녀님들은 적어도 스스로 그 길을 선택했고 그렇게 사는 것은 그분들의 인생이에요. 하지만 우리 소녀들은 뭐죠? 쥴리오 신부님은 그런 사실을 우리에게 전하고, 그의 협주곡의 리듬을 통해 우리들을 숨 막히게 만들고, 반항하도록 자극하며 탈출구를 찾게 하려고 이 맥없는 음악을 작곡하지요.

우리는 왜 태어나죠? 어머니, 당신은 왜 날 낳으셨나요? 왜 나는 나의 결정이 아닌 다른 사람의 결정에 의해 태어났을까요? 이렇게 말하면 시건방지다는 것을 알아요. 하지만 나는 주위에서 온통 노화와 우울함을 보아요. 서로 격려하며 공동체 안에서 완벽하게 독신으로 사는 여인들. 죽음과 사후의 삶에 대해, 영혼의 행복에 대해 말하는 수녀님들만을 보게 되어요. 수녀님들이 그런 대화를 나눌 때 그들의 얼굴색은 밝지 않아요. 우리는 죽을 운명을 가진 육체로부터 벗어나기 위해 세상 밖으로 나오지요. 우리 내면에 있는 어떤 힘에 의해 육체는 영원히 사라지도록 운명 지어졌다는 것을 깨닫고 반응함과 동시에 도망쳐요.

아기들은 죽음의 공포입니다. 그래서 죽을 운명을 가진 우리들의 육체로부터 도주합니다.

고아원은 죽음의 자궁이지요. 우리 소녀들은 수태 가능한 여인들과 함께 살고 있어요. 자신들의 죽음의 공포를 뱃속에 지니고 있기로, 그것을 온전히 간직하기로 결정한 여인들 곁에서 살아가고 있습니다. 우리는 아직 태어나지도 않은 것이죠.

자신들과 함께 자신들의 죽음의 공포를 죽게 하는 것, 수녀님들의 삶은 이런 것이에요. 그분들을 겁 많은 여인들로 생각해야 할지, 아니면 성녀로 생각해야 할지 모르겠어요.

아기들은 버려졌다는 사실과 그들이 도망쳐 나온 죽음으로부터 아직 공포를 느끼기 때문에 엄마의 배 밖으로 뛰쳐나와 울음을 터트립니다. 아기들은 엄마로부터 탈출한 엄마의 조각들이죠.

엄마들은 아기들을 자신에게 매어 두려고 해요. 아기들이 태어날 때 엄마들은 아기들을 붙잡지만, 그들은 엄마를 뿌리치고 도망칩니다. 실망한 엄마들은 복수하려고 아기들을 상대로 죽음을 교사하죠. 엄마와 아기를 묶고 있는 탯줄은 아기들의 작은 배를 무는 뱀이 되어 아기들에게 치명적인 독을 투여합니다. 아기들에게도 흔적이 남고 그들의 운명은 배를 통해 몸 안으로 들어갑니다. 뱀은 밖으로 잘려 나가지만 아기들은 몸 한가운데 엄마의 상처, 죽음의 상처를 영원히 지니게 됩니다.

성당의 제대 뒷벽에 그려진 여인은 하느님의 신비를 받아들여 자신의 죽음의 공포를 자신 밖으로 끌어냈어요. 천사가 그녀에게 허리를 굽히고 귓속말로 뭔가를 말하며 하느님께서 생각하신 구상을 그녀에게 전했습니다.

성모마리아는 당신 몸에서 영원한 생명을 탄생시켰지요. 그래서 우린 그분을 경배하는 거예요.

쥴리오 신부님은 우리를 자신의 기도를 위한 도구로 생각해요.

우리는 오로지 쥴리오 신부님의 청원을 하느님께 올리는 바이올린이고 목소리일 뿐입니다. 주님 앞에 음악가들은 특권을 받은 건가요? 주님은 한 가난뱅이의 작은 기도보다 당신에게까지 들리는 높은 연주소리를 더 큰 기쁨으로 받아들이실까요? 하지만 난 음악이 위로 올라가거나 높여진다는 것을 결코 믿지 않아요. 음악은 아래로 떨어진다고 생각해요. 우리는 높은 곳에 매달린 공간에서 연주하지요. 성당 바닥에서 몇 미터 정도 올라간 양쪽 벽의 발코니에서 연주해요. 음악은 무거워서 아래로 떨어지기 때문이지요. 우린 우리의 음악을 감상하러 오는 사람들의 머리 위로 음악을 뿌려요. 우리 음악 속에 그들을 빠뜨리고, 우리의 음악으로 그들을 질식하게 만들죠.

쥴리오 신부님은 평생 음악을 작곡해 왔지만 더는 아이디어나 영감이 없어요. 그분은 한 고아원 운영위원의 동생이죠. 단지 그 이유 때문에 매년 이 고아원의 바이올린 선생이자 작곡가로 계약을 연장할 수 있었습니다. 영감이 어떻게 습관적으로 나올 수 있겠어요? 악보를 한번 훑어보기만 해도 쥴리오 신부님은 더 이상 능력이 없다는 것을 쉽게 알 수 있어요. 그분은 작곡을 잘 못해요. 어쩌면 하느님에게 자신을 빨리 죽게 해 달라고 기도하고 있을 거예요. 그분은 힘이 없고 숨이 짧은 협주곡들을 작곡해요. 우리가 그 곡들을 연주할 때 그것들은 성당의 천장까지도 올라가지 못하고 무겁게 추락해요. 우리가 앉아서 음악을 연주하는 발코니로부터 저 아래로 떨어지죠. 바닥에 가라앉으며 떨어지는 소리가 쥴리오 신부님 음악의 참 모습이고, 하느님께 바치는 기도예요.

'주님! 제가 얼마나 피곤한지 보십시오. 제 기도가 얼마나 미약한지 들어보십시오. 저와 제 음악을 연주하는 소녀들은 기도가 보다 쉽게 하늘로 올라가게 하려고 여기 높은 곳에 올라와 있습니다. 저희들은 그 기도를 연주하기 위해 이곳 발코니에 올라와 있지만, 제 음악은 성당 천장에 닿을 힘조차 없으며 당신과 당신 성인들, 우리들의 중재자이신 당신 어머니가 계신 프레스코 벽화를 어루만질 힘조차도 없습니다. 저는 천국의 문을 두드리기 위해 천상에 도달할 힘도 없습니다. 저는 순수한 목소리를 가진 합창단과 창의적인 젊은 연주자들의 팔을 제 맘대로 조종할 수 있습니다. 하지만 이 모든 도구는 제 음악과 기도가 무기력하다는 사실을 확인하는 데 필요할 뿐입니다.'

쥴리오 신부님은 하느님의 큰 영광을 드러내기 위해 평생 음악을 작곡해 왔으며 이제 그런 인생의 마지막 시기에 와 있어요. 그분은 하느님의 영광을 높이기는커녕 우리들 스스로가 그 영광을 왜소하게 만들며 우리의 한계만을 보여 주는 현실을 알아야만 했죠. 또한 형편없고 부적절하며 맥없는 음악으로 굴욕을 맛보게 됩니다. 하느님 앞에 그 자신의 현재 모습인 나약한 인간, 보잘것없는 노인으로 자신을 드러냅니다. 우리는 하느님께 불완전한 작품들, 최악의 결과들을 보여 줄 뿐입니다.

성당은 거대한 사각형 홀이에요. 음악을 연주하는 육면체 공간이죠. 양 옆 벽면에 몇 미터 높이의 발코니 두 개가 있어요. 두 개의 발코니는 서로 마주보고 있고 그 길이가 12미터 정도이며 벽에서 2미터 정도 튀어나왔으며 고아원 3층 안쪽 문을 통해 접근할 수 있게 되어 있어요.

두 개의 발코니를 둘러싸고 있는 난간은 2단으로 되어 있죠. 하단은 돌로, 상단은 도금된 금속과 장식용 금속 레이스로 장식되어 있어요. 한쪽에서 연주하는 연주자들은 맞은편에 있는 다른 쪽 발코니의 연주자들을 볼 수 있고 그들의 움직임을 따라갈 수 있어요. 물론 오케스트라의 지휘자인 쥴리오 신부님의 지휘를 따를 수도 있지요. 히지만 성딩 일층에서 우리를 향해 의자에 앉아 있는 사람들은 우리들의 얼굴을 구분할 수 없어요. 발코니를 둘러싸고 있는 금속망들은 너무 촘촘해서 밑에서 대각으로 보는 사람들의 시선을 차단하기 때문이죠. 성당 일층 의자에 앉아 우리를 보고 있는 사람들에게 우리들은 실루엣이나 조형물처럼 보이죠. 우리는 그림자이고 상상이며 꿈이에요.

우리는 음악을 뿜어내는 그림자입니다. 만질 수 없는 실체를 공기 중에 퍼트리는 유령들이에요. 우리는 베일에 싸여 공간을 아름답게 물들이므로 아름다운 사람들로 여겨져요. 음악이라는 허상으로 우리들의 아픔은 가려집니다.

오늘 성당은 사람들로 북적거렸습니다. 우리는 공중에 매달려 있는 기둥 뒤 발코니로 나가서 의자에 자리를 잡고 연주 준비를 했어요. 전례가 진행되는 동안 '기리에' 부분에서 나는 의도적으로 악보와 다른, 날카롭고 거슬리는 소리를 세 번씩이나 냈어요. 쥴리오 신부님과 하느님께 봉헌될 불완전한 작품들을 생각해서 내린 결정이었습니다. 쥴리오 신부님이 작곡한 바이올린 파트를 불완전한 음을 통해 보다 완전하게 만들며 보완하려 했어요. 흠집을 더 냄으로써 멜로디에 힘을 주었지요. 나의 짧은 솔로 연주는 매끈한 돌에 손톱으로 흠집을 내듯 밋밋한 음악에 포인트를 주었어요. 나는 연주를 시작한 이래 전에 없이 열정적이었죠. 처음으로 어디선가 주님이 나의 연주를 듣고 계시다고 느꼈어요. 쥴리오 신부님이 힘겹게 만든 보잘것없는 음악을 난 그분보다 더 힘겹게 연주하며 기도했어요. 의도적으로 악보와 다르게 연주하여 그분의 연약한 음악을 힘찬 음악으로 만들었어요. 이미 너무 처진 멜로디를 무시함으로써 미완성으로 만들며 그걸 완성으로 이끌었어요.

연주하는 동안 그 소절들에는 숨 가쁜 상태를 표현하는 부분이 있다는 것을 깨달았어요. 쥴리오 신부님은 자신의 임종의 고통을 음악으로 만든 거예요. 자신의 임종 순간을 상상하며 그 고통을 미리 쓴 것이죠. 그는 있는 그대로, 하느님 앞에 나아가서 분해되는 육체에 대한 경건함도 없이 그 순간들을 묘사했어요. 나는 활을 통해 쥴리오 신부님의 비틀거리는 음들 속에서 그 소리를 잡아내고, 그것들을 밖으로 끌어내어 힘을 주었습니다. 나는 적나라한 모습을 표현하고, 엄마를 부르고, 도움을 요청했어요. 자신이 거쳐야만 하는 유일한 최고 순간에 도달할 수조차 없는, 아무런 힘조차 없는 피

조물을 연주했어요. 죽음을 연주했고, 죽음을 틀리게 연주했어요. 어느 순간, 나는 목덜미가 당겨지는 걸 느꼈습니다.

내 동료들도 연주를 멈췄다고 생각했어요. 성당 안에는 얼음처럼 차가운 침묵이 내려앉았습니다. 발코니 한구석에서 지휘를 하고 있던 쥴리오 신부님은 당황하여 얼굴을 찡그렸어요. 나는 기숙사 안쪽의 복도와 발코니를 연결하는 문 안으로 끌려갔죠. 그리고 난 기절했어요.

체칠리아, 편히 자. 꿈꾸지 않고 자는 법을 배워 봐. 난 내 뱀들을 빗질할 거야. 그리고 그것들을 꼬아서 내 머리 위에 감을 거야. 내 얘기로 너를 피곤하게 하지 않을게. 내 검은 얼굴로 너를 무섭게 하지 않을게. 너에게 내 매끄러운 목덜미를 보여 주기 위해 돌아설 거야. 네 주위에서 침묵을 지킬 거야. 아무것도 요구하지 않을게. 어느 날 넌 내게 모든 걸 줄 것이기 때문이야. 네게 속하는 평화의 일부를 미리 줄게.

어머니, 나는 일주일 동안 휴식을 취하고 다시 당신을 만나러 왔습니다. 사람들은 다정하게 나를 대해줬어요. 침대로 음식을 가져와 입에 넣어 주었어요. 그래서 야채수프에 비치는 혐오스러운 당신 모습을 볼까봐 두려워하지 않아도 되었지요. 쥴리오 신부님이 내 상태를 보러 오셨어요. 미사 때, 도대체 내 머릿속에 무슨 생각이 떠올라 그렇게 연주했는지 물었죠. 그분이 내게 이 문제를 거론

하지 않았으면 좋았을 텐데. "도대체 네게 무슨 일이 일어난 거니?" 이렇게 물었어요. 난 마음으로 그분을 용서했어요.

우리는 밖으로 바람을 쐬러 나갈 기회를 갖게 되었어요. 우리는 배 열 두 척에 나누어 탔지요. 악기 연주자들과 가수들, 우리는 마치 작은 함대 같았어요. 사공들은 우리 등 뒤쪽 선미에 서서 아무 말 없이 노를 저었지만 나는 그들이 긴장한 걸 느낄 수 있었어요. 그들은 우리를 배에 태워 몹시 흥분하고 감정이 고조된 듯했죠. 우린 이상한 존재들이에요. 그들은 우리를 다른 세계에 사는 사람으로 생각했을 겁니다. 우리는 다른 사람들이 얼굴을 보지 못하도록 가면을 썼어요. 난 눈을 감은 채 얼굴을 가렸어요. 도시의 소리를 듣는 게 더 좋거든요. 내가 결코 들어보지 못한 소리들이 다가와요. 그 소리를 만들어내는 존재는 무엇일까 상상하죠.

나는 눈을 감고 귀를 기울여요. 한편에서는 한 번도 보지 못한 작업용 도구 소리가 들려요. 난 그 도구의 형태를 머릿속에 그려 봐요. 무엇에 필요하고, 손으로 어떻게 잡는지를 말이죠. 다른 편에선 한 번도 본적이 없는 동물 소리가 들리기도 해요.

재빨리 소리에 귀를 기울이고 상상으로 그 소리의 이미지를 그려 봅니다. 다듬어지지 않은 원석에 몸통을, 얼굴을 조각해요. 쓰임새도 생각하면서요.

사물에서 나는 소리는 그 사물의 쓰임새 같은 것이죠. 소리는 사물을 뛰어넘어 그것을 더욱 위대하게 만드는 사물의 의지입니다.

소리는 공기를 타고 퍼져나가요.

　배는 양쪽 제방을 따라 천천히 미끄러져 갔습니다. 난 눈을 감고 간간이 들려오는 대화와 우리가 배를 타고 나들이 하는 모습을 보며 사람들이 내뱉는 곱지 않은 말들을 들었어요. 잠시 후 넓은 수평선이 나타났어요. 수평선은 섬 사이의 텅 빈 공간, 물 한가운데 있어야만 하지요. 멀리서 들려오는 종소리도 들었어요. 사람들이 망치로 종을 때리며 수리하고 있다고 생각했죠. 종은 자신에게 가해지는 고통으로 날카로운 비명을 지르고 있었어요.

　제비들이 머리 위에서 하늘을 가로지르며 지저귀는 소리를 듣고 세비들의 소리를 한 마리씩 구별해 보았어요. 그러고 나서 모든 제비들의 소리를 한꺼번에 듣고 동시에 그들이 공간 속에 남긴 궤적을 모두 따라가 보았어요.

　어떤 제비는 제 몸집의 형태와 일치하는 울음소리를 내죠. 반대로 울음소리와 전혀 어울리지 않는 몸집을 가진 제비들도 있어요. 그 몸체엔 다른 누군가가 살았을 거예요. 안토니아는 몸이 마르고 키가 큰 소녀죠. 그녀의 목소리는 굵고 낮아요. 그런 깡마른 체구에서 어떻게 그런 굵직하고 풍부한 성량의 저음이 나오는지 직접 들어보지 않고는 상상이 안 되지요. 그녀에게는 남성 파트를 노래하는 역할이 주어집니다. 그녀의 말에 의하면 아버지 목소리를 닮았대요. 아버지가 죽은 다음 딸의 목소리 안으로 들어온 거래요. 내가 알기론 그녀는 우리 영토인 그리스 섬 근처 전투에서 전사한 해군 병사의 딸이에요.

테레사 수녀님이 저녁식사 후에 날 불렀어요. 내가 식사를 제대로 하지 않아 매우 걱정스럽다고 말했어요.

"잘 먹어야 한다. 그래야 잘 지낼 수 있어."

연주를 틀리게 한 일에 대해 아무런 벌도 받지 않았어요. 영양실조 때문이라고 말하면서 나를 용서해 주었어요. 내게 필요한 만큼의 영양을 섭취하지 않는다면, 그런 일이 일어나는 게 당연하다나요.

"음식을 거부해서는 안 돼. 강해지는 건 너의 의무야."

어머니, 식당 테이블 위의 접시를 마주할 때마다 거기에 비친 당신의 모습을 봅니다. 난 야채수프를 깨끗이 비우고 나서 화장실로 뛰어가 모두 토해내죠. 어머니, 당신을 내 안에 담을 수가 없습니다.

고해성사를 했습니다. 나는 어머니를 배신하지 않았어요. 나의 죄를 듣고 있는 고해사제에게 난 어머니에 대해서 아무 말도 하지 않았어요. 어머니, 당신은 나의 죄인가요?

사제는 고해소 창살 사이로 우리와 대화합니다. 우리는 그의 얼굴을 볼 수 없고, 그도 우리를 볼 수 없습니다. 성당에서 연주하고 노래할 때 우리들의 음악을 감상하러 오는 사람들도 우리 얼굴을 볼 수 없어요. 우리는 바닥에서 몇 미터 높이에 매달려 있는 발코니 난간 뒤에 있기 때문이죠. 사람들은 연주 소리와 노래 소리를 들으며 그 소리들이 젊은 여인들의 몸에서 나온다는 사실을 알게 됩니다. 아래에 앉아 있는 누군가는 상상의 나래를 맘껏 펼치겠죠.

몸이 뜨거워져 땀을 뻘뻘 흘리고, 연주에 몰입하고, 실수에 대한 두려움으로 바짝 긴장하여, 두 볼이 발그레하게 물든 우리를 상상할 거예요.

우리 음악을 감상하러 성당에 오는 남자들이 우리에 대해 제멋대로 상상할 것을 생각하면 난 당혹스러워요. 내 안의 나를 느끼기 위해, 내 육체에 대한 구체적인 느낌을 갖기 위해서는 다른 사람들이 그리는 내 모습을 상상해 보는 수밖에 없어요. 나를 보는 타인의 생각을 통해서만 자신을 알 수 있거든요.

사람들은 우리를 본 적이 없습니다. 우리 연주자들은 자신을 보여 주는 것이 금지되어 있죠. 뿐만 아니라 촘촘한 그물망 사이로 우리 모습을 보여 주는 것은 그 자체로 불가능해요. 오히려 많은 청중들은 우리의 얼굴을 볼 수 없어 상상하는 즐거움으로 이곳에 오죠.

우리는 육체의 영향을 받지 않는 목소리, 순수한 소리 그 자체입니다. 우리는 청중들의 꿈이에요.

세상에 소리를 만들어 내는 악기와 완전히 별개인 순수한 소리가 존재할까요? 현을 벗어난 소리, 목소리를 공기 속으로 내보내는 성대와 무관한 그런 목소리가 존재할까요? 어디에서도 유래하지 않고 자유롭게 공중을 나는 소리와 목소리가 존재할까요?

내가 매일 연주하는 바이올린을 봅니다. 바이올린의 소재인 나무와 현을 만들기 위해 말려서 꼬아 놓은 창자가 보입니다. 남몰래 음악을 하는 나무들, 수액 소리들, 깊숙한 핏속의 어둠에서 한 번도 들어보지 못한 화음이 흐르는 동물의 뱃속이 상상됩니다.

어느 날 우리들이 정원에 있었을 때였어요. 고양이 우는 소리에 주위를 돌아보니 나무 뒤에 고양이 한 마리가 눈에 들어왔습니다. 그 고양이는 정원 주위에 살고 있었는데 한동안 눈에 띄지 않았었죠. 녀석은 눈을 반쯤 감은 채 옆으로 누워서 우리를 향해 뒷다리를 들어 올렸어요. 배 옆에는 쥐새끼만한 다섯 마리의 갓 태어난 새끼들이 있었지요.

"고양이가 새끼를 낳았어!" 로산나가 말했어요.

난 매우 당혹스러웠어요. '그렇다면 고양이가 암컷이겠네' 라고 생각했지만 큰 소리로 말할 용기가 없었어요. 이제야 그런 사실을 알게 되었다는 것을 공개하여 바보처럼 보이고 싶지 않았거든요. 그때 프란체스카 수녀님이 왔어요. 그녀는 바닥에 보자기를 펼치고 새끼들을 집어 하얀 보자기 위에 나란히 놓았어요. 분만으로 기진맥진해진 고양이는 그녀를 물끄러미 바라보았습니다.

마치 살아 있는 소시지처럼 생긴 새끼들은 눈을 감고 있었어요. 새끼들의 피부는 거의 투명했어요. 피부 밑을 흐르는 몇 개의 핏줄들이 보일 정도였습니다. 몸 안의 작은 음영들은 움직이고 있는 장기들이었어요. 보자기 위에 놓인 새끼 고양이들은 빛을 보면 활짝 피어나 열릴 꽃망울을 자루에 모아 놓은 것 같았어요.

프란체스카 수녀님은 보자기의 네 귀퉁이를 잡고 위로 끌어올려

묶었어요. 그녀는 정원을 가로질러서 새끼 고양이들을 처마 물받이 아래 물이 가득 찬 통에 담갔어요. 나와 동료들은 가슴이 찢어지는 고통을 느꼈어요. 본능적으로 나는 수녀님의 손목을 잡았죠. 그녀의 손에서 보따리를 잡아채려고 했어요. 우리들은 싸웠어요. 나는 물속에 머리를 처박고 필사적으로 고양이 새끼들을 구하려고 했어요. 새끼 고양이들이 울부짖는 소리가 들리는 듯했어요. 그 때 날 밖으로 끌어내는 어떤 힘을 느꼈어요. 내 친구들이 내 허리띠를 잡았어요. 난 머리를 땅바닥에 대고 기침을 하며 물을 토해냈습니다. 나는 고양이 새끼들의 죽음의 고통이 담긴 물을 마셨고 그 고통을 숨으로 들이마셨습니다.

"가서 옷이나 말려! 어리석은 것 같으니." 수녀님이 말했어요.

고아원이 존재하기 전엔, 그 누구도 원하지 않는 신생아들은 고양이 새끼와 같은 운명이었죠. 당신도 역시 수로에 빠져 있는 걸 사람들이 발견했을지 모르죠.

태어나서 빛도 보지 못한다는 것.

어두운 엄마 뱃속에 머물다 곧바로 죽음의 어둠 속에서 생을 마감하는 것, 어두운 어머니 핏속의 따뜻함에서 검고 차가운 물속으로 옮겨가는 것. 세상을 만나지도 못하는 것, 오로지 뱃속의 열기와 도시의 냉기만을 느끼는 것.

나는 열이 있어요. 오한을 느껴요.

막달레나가 침대 밑으로 얼굴을 내밀었습니다.

"사람들 말에 의하면 수로의 밑바닥에는 물위로 떠오르지 못하게 돌에 묶인 수천 명의 아기들이 있대. 아마 그 아기들은 이미 모두 썩었을 거야. 바다 밑에 있는 진흙과 함께 가루가 되었을 거야."

매달 우리는 체험학습을 위해 배를 타고 수로에 나가 그 위를 떠다녀요. 이 수로는 고아원이 세워지기 몇 세기 전, 물속에 버려져 죽은 영아들의 주먹만 한 시신들이 매장된 곳이죠. 우리보다 먼저 태어난 우리와 같은 고아들이죠. 그곳은 생명의 막다른 골목이에요. 배는 물과 진흙으로 된 그 공동묘지 위를 떠다니고 있어요. 어린 시체들은 썩어서 흔적도 없어요. 거기엔 어떤 신분 확인 표시도 없고 반으로 잘린 메달이나 상본 같은 것도 없지요. 십자가나 돌, 비석도 물론 없어요. 우리를 가리키는 공허하기만한 이름도 없습니다. 우리들의 생명은 죽음의 바다에 떠 있어요.

내가 걸을 수 없게 되는 꿈을 꾸었습니다. 진한 어둠이 깔려 시야를 가렸어요. 달무리와 발광, 한 무리의 밝은 안개덩이가 물결치며 다가왔어요. 그것들은 점점 선명해지며 커졌죠. 기형적으로 머리가 큰, 갓 태어난 아기들이었어요. 그들은 투명한 눈꺼풀 뒤로 튀어나올 것 같은 커다란 눈으로 나를 바라보았어요. 그들의 눈은 어둡고 빛났지만 아무것도 볼 수는 없었어요. 그들은 내 주위로 모여들었습니다. 빛을 발하는 물고기나 해파리처럼 내게 부딪쳤어요. 내 옆구리와 허리를 살며시 밀며 부드럽게 소리쳤어요. 그때 나도 그들처럼 둥둥 떠다닐 수 있다는 것을 알았습니다. 나도 그들 중 하나였다는 걸 깨달았어요. 그들은 몸이 식어 버린 나의 쌍둥이 자매들이지요.

우리는 검은 피부를 가진 어머니 뱃속에서 떠다녔어요. 우리는 '죽음이라는 이름의 부인'에 의해 잉태되었고 태어나기도 전에 이미 죽었습니다. 나는 무엇인가 턱 밑을 깨무는 것 같은 통증과 동시에 위를 향해 빨려 올라갔어요. 한 사공이 강한 팔로 나를 잡아 물 위로 끌어당겼어요. 그는 검은 턱수염을 가진 사람이었고 턱수염과 같은 색의 눈으로 나를 보았어요. 그의 얼굴은 고뇌에 찬 남자의 얼굴이었죠.

우리는 물 밑에서 연주합니다.

우리는 어머니 뱃속에서, 죽음의 자궁 안에서 연주합니다.

우리는 깊은 바다의 물고기들, 세상에 결코 태어난 적이 없는 우리들의 비존재를 노래합니다.

음악은 검은 물속으로 퍼져나갑니다. 우리는 혼탁한 물속에서 노래하는 인어들이에요. 제방 위에는 사람들이 오가고 물위엔 배를 타고 지나다니는 사람들도 있어요. 하지만 그들 중 우리의 슬픈 노래를 듣는 사람은 아무도 없습니다.

"어쩌면 네가 깨달음을 얻기 시작했다는 신호야." 내 죽음이 말한다.

"뭐가?"

"너는 내게 속하고 네 어머니, 혹은 네가 그렇게 부르는 여인에게
는 속하지 않는다는 사실 말이야."

"어머니가 아니야. 그녀를 뭐라고 부르지?"

"나도 몰라."

"그녀를 뭐라고 부르지? 엄마?"

"그건 더욱 더 아니야."

"그럼 뭐라 부르지?"

"이름이 없어."

"다른 말은 없니?"

"다른 말은 없어."

"그럼 뭐지?"

"너의 어머니가 아니야, 절대 네 엄마가 아니야. 네가 죽음을 생
각하지 않으려는 구실이고 도피처야. 환상에 불과해. 그리고 위로
를 받으려는 너의 관념일 뿐이야. 이런 표현들로도 충분하지 않아."

"그럼 넌 뭐야?"

　어머니, 난 당신을 함부로 대하고 있습니다. 내가 지금 누구에게
편지를 쓰고 있는 거죠? 당신께? 아니면 내 자신에게? 난 당신께
예의를 갖춰 편지를 쓰지 않아요. 당신은 존재하지도 않고, 당신은
내 편지들을 결코 읽지 않을 테니까요. 그러므로 나는 서로 사랑하
는 사람들이 그러하듯, 당신께 나를 이해시키고 또 내가 당신을 이

해하려고 노력하는 대신, 그저 생각나는 대로 당신께 편지를 쓰고 있어요. 사랑하는 사람은 이해할 수 있는 언어로 서로를 어루만져 줍니다. 사랑하는 사람에게는 절박한 상황에 있는 누군가를 도우러 가듯이 편지를 씁니다. 하지만 난 당신께 도움을 주고 싶지 않아요. 당신께 등 돌린 채 편지를 쓰고 싶어요. 내가 당신을 무시하고, 당신을 경멸한다는 걸 보여 주기 위해 뒤돌아서서 당신 앞에서 똥을 눌 거예요. 당신을 배설할 겁니다. 난 당신의 이해를 받으려고 편지를 쓰지 않아요. 그런 건 내게 눈곱만큼도 중요하지 않거든요. 당신에게 관심이 없는 듯이 표현하며 당신께 편지를 씁니다. 당신이 존재하지 않는 듯이 행동으로 당신께 보여 주는 것이지요. 당신은 여기에 없기 때문입니다. 그래서 그저 내 마음이 내키는 것, 내 머릿속을 스치고 지나가는 것을 쓰지요. 내 머릿속에 당신은 더 이상 존재하지 않습니다. 내가 계속해서 편지를 쓰는 이유는 당신이 존재하지 않는다는 것을 당신이 느끼게 하려는 것입니다.

어머니, 용서하세요. 내가 당신을 이렇게 대할 권리는 없습니다. 난 당신에 대해 아는 것이 전혀 없어요. 당신이 16년 전 왜 날 이곳에 버렸는지조차 알 수 없어요. 어쩌면 날 낳다가 당신은 돌아가셨을 수도 있어요. 당신이 분만 도중 숨을 거두자 내가 당신 곁에서 죽어가는 것을 본 누군가가 날 이곳으로 데려왔을 거예요. 그 누군가는 날 어떤 가정에 입양시키면 첩의 딸로 오해받거나 하녀나 노예처럼 취급될지도 모른다는 걱정으로 날 이곳으로 데려왔을 수도 있어요. 어쩌면 당신이 임신했을 때, 안토니아의 아버지처럼 내 아버지도 전쟁 중 배 위에서 전사했는지도 모르죠. 당신에게는 줄줄이 목을 늘이고 있는 자식들이 있었고, 당신 혼자 힘으로 그 많은 식구들을 먹여 살리기가 불가능했을 거예요. 당신이 나를 데리고 있으면 내가 굶어 죽을 것이라는 걸 당신은 잘 알고 있었을 거예요. 아마, 아마, 아마도! 내가 태어난 지 채 며칠이 되지 않아 당신이 이 고아원 벽감에 날 버리고 가도록 만든 원인이 무엇인지 난 상상만 할 뿐입니다. 이 사실만은 알고 있어요. 수녀님들의 말에 의하면 나는 여기에 도착했을 때 매우 작았다고 해요. 태어난 지 얼마 안 된 상태였대요. 길어야 며칠, 아니 그보다도 더 짧은 시간, 바로 몇 시간 전에 태어났다는 거죠. 이 밖에는 아는 게 없어요. 당신이 누군지, 혹은 누구였는지 전혀 아는 바가 없습니다. 내가 왜 어머니로부터 버려졌는지 난 알지 못합니다.

여기엔 백 명의 소녀가 있습니다. 우리는 남자의 유혹에 빠진 젊은 여인들의 딸일 수도 있어요. 그 남자들은 여인들에게 결혼을 약속했지만 얼마 후 여인들을 버리고 달아나 그녀들을 불행에 빠뜨렸을 테죠.

혹은 남편들이 공화국 병사로 전투 중에 전사하여 미망인이 된 여인들의 딸이거나, 혹은 집에 식구가 너무 많았거나, 혹은…….

어느 날 난 테레사 수녀님과 우리들의 출신에 대해 이야기를 나눈 적이 있어요. 수녀님은 잊을 수 없는 말을 했죠. 이 문제를 너무 심각하게 생각하지 말라고 당부했어요. 우리 모두는 하느님의 딸이기 때문이라는 거예요. '이 사실이 우리가 믿어야 할 유일한 것이야.' 그분의 말이에요. 여기까지는 그래도 이해할 수 있어요. 이런 말은 다른 수녀님들이나 고해소 신부님들에게서, 미사 때 성당에서 귀가 닳도록 들었던 판에 박힌 말들이니까요. 그러나 수녀님이 내게 하신 말 중에서 마음속에 남아 있는 건 바로 이거예요.

'모든 사람들은 원죄의 재앙을 갖고 태어난다. 그 누구도 예외가 아니다. 우리는 출생에 의해 하느님 앞에서 구별되는 것이 아니다. 순수하게 태어나는 사람은 아무도 없기 때문이다. 귀족의 딸들도 죄를 지니고 태어나고, 하느님의 눈에는 그들도 우리보다 나은 것이 없다. 원죄는 축복이며 힘 있는 사람들과 불쌍한 사람들, 귀족과 천민들 모두를 평등하게 만든다.'

이렇게 말하며 테레사 수녀님은 내 자신을 위해 이 말을 마음에 간직하라고 했습니다.

우리가 아직 어릴 때 고아원 관리자들은 우리에게 재능이 있는지 알아보기 위해 노래를 시키거나 손에 악기를 들어보게 합니다. 목소리가 좋지 않거나 악기 연주에 재능이 없는 아이들은 바느질이나 주방일, 아니면 다른 일들을 시켜요. 가능성 있는 소녀들만 노래하고 연주를 합니다. 그런 소녀들은 악보를 필사하기도 해요. 소리를 뽑어내고 소리를 종이에 기록하는 교육을 받아요. 그들은 공기와 잉크의 조화를 배웁니다.

난 말과 생각을 조화롭게 하는 능력을 지니고 싶어요. 불현듯 뇌리를 스치는 생각과 그걸 글로 표현하는 조화 말이에요. 오선지의 악보와 그 악보를 보고 조화롭게 표현된 완벽한 연주처럼 내 생각을 완벽하게 글로 표현할 수 있다면 얼마나 좋을까요.

우리들은 모두 연주자인 동시에 악보 필사자입니다. 우리들은 악보를 오선지 위에 옮기고, 그 음악을 공기 중으로 내보내며, 연주할 때 그 음악이 무엇을 표현하는지 알아야만 합니다. 오선지 위에 있는 음표들은 마치 못을 박아 놓은 모습과 비슷해요. 우린 악기를 들고 와서 그 음표들을 하나하나 펼쳐요. 못을 잡아당겨 빼듯이 음표들을 하나씩 밖으로 끄집어냅니다.

오늘 미사 시간에 도메니코 신부님이 야생나리꽃과 하늘의 새에 관한 복음을 봉독했습니다. 난 야생나리꽃을 본 적이 없어요. 새들에 대해서는 시각보다 청각으로 더 잘 알고 있죠. 들판 위를 나는 새들을 본 적은 없지만 물위를 나는 새들의 소리는 들어보았어요. 모든 사람들은 새들이 내는 소리의 조화를 높이 사지만 내겐 귀에 거슬려요. 새들의 소리를 노래라고 부르는 것은 터무니없어 보입니다. 새들은 자신의 목소리 때문에 고통 받고 그 목소리를 파괴하려고 노력하죠.

나이팅게일은 자신의 목소리에 구멍을 내기 위해 지칠 때까지 노래해요. 마치 목소리의 바닥에 구멍을 내기 위해 통로를 찾듯이 말이죠. 마리아 수녀님 말에 의하면 나이팅게일은 '목소리 그 자체'이지요. 이해가 가는 말이에요. 이처럼 작은 동물에게 그토록 볼륨 있는 소리를 내는 힘이 있다는 사실은 감동적이에요. 하지만 이런 사실은 흥미롭다기보다 오히려 마음을 아프게 해요. 적어도 이 새가 좀 더 작은 소리를 가졌다면 자기의 목소리를 견뎌냈겠죠. 나이팅게일은 자신의 작은 가슴을 짜내며 부리에서 나오는 소리에 스스로 놀라죠. 나이팅게일이 노래할 때 엄청난 볼륨의 목소리가 커다란 솜구름처럼 자신을 향해 떨어져요. 아무런 저항도 할 수 없는 이 작은 동물을 음성 탈진 상태에 가두시고, 목소리의 굴레 속에서 질식하게 만드신 하느님의 의도는 무엇일까요?

나는 나이팅게일 소리를 들으면 절망만을 느낍니다. 저 가련한 날짐승이 불행한 삶을 살아서가 아니에요. 나이팅게일은 자신의 목소리 때문에 절망하는 거예요. 자신의 부리에서 나오는 괴물 같은 소리에 놀라서 그 목소리를 밖으로 내보내 목소리로부터 자유로워지려고 몸부림을 치죠. 하지만 그 소리가 끝없이 나온다는 사실을 알지 못해요. 그건 시간이 지나면 끝나는 구토나 기침 같은 것이 아니에요. 나이팅게일의 몸은 아무리 애써도 자신의 목소리를 다 비워내지 못해요.

오늘 나는 바이올린으로 새소리를 흉내 내려고 했어요. 난 어린 이반을 맡고 있거든요. 그들은 일곱 살 미만의 아이들이에요. 열여섯 살이 된 지금, 가장 어린 여자아이들의 음악교육을 돕는 일도 내 임무가 되었어요. 아이들은 매우 날카로운 소리를 내는 작은 바이올린을 갖고 수업을 해요. 그들은 고사리 같은 손으로 다섯 개의 음 중 하나 정도만을 겨우 소리 낼 수 있어요. 그들이 내는 소리는 하나 같이 제대로 된 톤이 아니지요. 얼마 지나지 않아 그들은 신경질을 내기 시작해요. 하루빨리 커서 현을 힘 있게 잡을 수 있는 날만을 손꼽아 기다리는 게 눈에 보여요. 아이들은 할 수만 있다면 손가락을 빨리 자라게 하기 위해 집게로 손가락을 억지로 늘리려고 할 거예요. 손가락을 손에서 잡아 빼기라도 할 기세예요.

난 아이들에게 말했어요.

"자, 제비가 지저귀는 소리를 흉내 내 보자."

난 활로 바이올린의 현들을 끌어 당겼죠. 아이들은 얼굴을 찡그리며 바이올린 소리에 귀를 기울이지 않았어요.

"어서, 너희들도 해 보렴."

내가 재촉하자 아이들은 매우 수줍게 주저하며 현에 손을 대더니 그저 슬쩍 쓰다듬을 뿐이었어요.

"너희들은 용기가 없니?"

이 어린아이들이 자신의 욕망을 억누르는 데 이미 익숙해져 있다는 사실이 놀랍기만 합니다. 아이들에게 뭔가 특별한 것을 하도록 요구하면 그들은 몹시 수줍어해요.

"애들아, 기운 내. 너희들은 제비 소리를 들어본 적이 없니? 제비는 속삭이는 소리를 내지 않아!"

우리는 제비들이 대각선으로 하늘을 날듯 활을 들어 허공을 가르며 사방으로 흩어지고 연습실 이곳저곳을 뛰어다녔습니다.

"제비가 하늘을 날다 부리를 크게 벌리고 모기 한 마리를 잡았다고 상상해 봐."

난 연습실을 뛰어다니면서 소리 높여 말했어요.

"너희는 배에 피가 가득 찬 모기를 삼킨 거야. 하늘을 향해 모기가 얼마나 맛있는지 말해 봐. 나는 것이 행복하다고 푸른 하늘을 향해 소리쳐 봐. 어지러울 거야. 너희는 지금 높은 곳에 있어. 공중을 가로질러! 아래로 날아가! 똑바로 떨어져!"

나는 섬세하고 어린 생명들에게 열정을 불어넣었어요.

"힘을 내! 작은 제비들아, 소리 높이 지저귀자! 지저귀자!"

아이들은 그들의 작은 바이올린으로 바이올린을 처음 잡았을 때 내는 날카로운 소리를 내기 시작했어요. 처음엔 짧았지만 소리는 점점 숨이 길고 깊어져 연속적인 음을 냈어요.

"무슨 생각으로 그랬니?" 나의 죽음은 보기 드물게 아주 딱딱한 톤으로 내게 말한다.

"내가 뭘 했는데?"

"네가 저 불쌍한 애들을 힘들게 만들었어. 너의 고뇌를 저 아이들도 갖게 했어."

"난 아이들을 단조로움으로부터 벗어나게 해 주고 싶었을 뿐이야. 세상은 틀에 박힌 사고로 보는 것보다 훨씬 더 넓다는 걸 느끼게 해 주고 싶었어. 주변 사람들의 눈으로 본 자신과 실제 자신은 다를 수 있다고 말이야."

"단조로움은 우릴 편안하게 만들어. 습관은 위로 받을 대상이 없는 영혼들에게는 최소한의 위안이야. 세상은 늘 똑같이 반복되거든. 너무 고통스럽지 않게, 예상하지 않았던 고통을 주지도 않고, 설명할 수 없는 욕망으로 자극하지도 않아. 넌 자신을 지탱하는 걸 버거워해. 왜 네 고통으로 타인들을 힘들게 만드니?"

"우린 제비를 흉내 내는 놀이를 했어, 아이들은 재미있어 했고 웃음꽃을 피웠어."

"넌 아이들 앞에서 네 불만과 지금의 너로부터 벗어나려는 열망을 숨김없이 보여 주었어."

"난 단지 기쁨을 주고 싶었어."

"그들은 상처받기 쉬운 아이들이야. 아이들은 이유가 없는 만족은 견디기 힘들어."

"넌 아이들이 항상 똑같은 일을 하고 닫혀서 살길 바라는 거야?"

"난 네가 그들의 섬세한 영혼을 다치게 하지 않기를 바라는 거야."

"난 그들에게 나는 법을 가르쳤어. 그들의 영혼이 한 줌의 공기를 들이마시게 했을 뿐이야."

"넌 그들 마음속에 불안만을 심어 줬어. 오늘부터 아이들은 더욱 불행할 거야."

"내가 뭘 해야만 하는 거지? 뭐가 옳은 거야? 우리를 둘러싸고 있는 불행을 더 큰 불행으로 만들지 않기 위해, 다른 가능성이 있다는 사실을 모른 척해야 돼?"

쥴리오 신부님이 작곡한 마지막 곡, 서곡은 늘 그렇듯이 단조로운 곡입니다. 50년 전부터 반복되는 것이죠. 그분의 서명 같은 거예요. 두 번째 장은 전체가 하나의 멜로디로 이루어져 있죠. 대위법이란 전혀 없어요. 멜로디와 저음부 사이가 분리되어 있지 않아요. 모든 악기가 한 음으로 합창하고 있습니다. 똑같은 음들이지요. 파고토로부터 하아프시코드, 바이올린까지. 악보를 처음 보았을 때 나와 친구들은 우리 눈을 믿을 수가 없었어요. 어쩌면 쥴리오 신부님은 자신의 음악을 더 크고 힘차게 표현하려고 이처럼 모든 악기들을 한 가지 멜로디에 집중시키며 강조하길 원했는지 모르죠. 반면에 오선지에는 피아니시모(매우 작고 여리게)를 나타내는 부호인 세 개의 피(P)자가 있었어요. 이어지는 아다지오는 여섯 내지 일곱 개의 멜로디 흐름이 뒤엉켜 난잡했어요. 누가 노래를 하고 누가 코러스를 하는지 구분하기 어려웠습니다. 우리 모두 속삭이듯이 연주를 해야만 했어요. 무기력과 한숨이 잡담을 나누고 있었죠. 마지막 장에서는 악구만으로 구성된 우스꽝스러운 프레스토가 다시 시작되었어요. 마치 수없이 작별 인사를 하지만 떠날 용기가 없는 사람처럼 말이죠. 의식이 끝날 무렵 쥴리오 신부님이 고아원의 작곡가이자 마에스트로 직에서 물러났다는 사실을 알았어요. 이 연주가 이곳에서의 마지막 연주였죠.

* * *

어머니, 한참 동안 오른손 주먹을 굳게 쥐고 팔에 힘을 주었더니

팔뚝에 핏줄이 튀어나와요. 왼손 손가락으로 내 피부 밑에서 드러나는 핏줄들을 현들이라 여기고 코드를 잡아보았어요. 내일 의식에서 내가 연주해야 할 파트를 밤새도록 반복해서 연습했습니다. 몸은 침묵했지만 마음은 몸속에서 쉬지 않고 연주했어요.

우리가 생각하는 것들을 정확하게 연주할 수 있다면, 생각으로 만들어 낸 소리들을 표현할 수 있는 목소리를 가질 수 있다면, 우리는 음악의 기초를 허물고 새로운 음악세계를 창조할 수 있을 거예요.

어머니, 오늘 테레사 수녀님이 연습실에 와서 우리들 가운데 몇몇 소녀들을 호출해서 데려갔습니다. 막달레나, 가브리엘라, 엘리사베타, 아니타 그리고 나까지 모두 다섯 명이었어요. 수녀님의 명령에 따라 우리는 각자의 악기를 챙기고 콘서트할 때 입는 붉은색 연주복을 입었습니다.

망토를 몸에 걸치고 모자 아래 얼굴을 가면으로 가렸어요. 우리는 수로와 마주하고 있는 고아원 뒷문을 빠져나가 대기하고 있던 배 위에 올랐어요. 어깨 뒤로 사공과 제방 위에 있던 행인들의 따가운 시선을 느낄 수 있었습니다.

우리는 어느 낯선 건물 안으로 들어갔습니다. 계단을 오르고 응접실을 가로질러 어떤 방에 도착했어요. 방은 어두침침하고 역겨운 냄새가 났어요. 우리는 망토는 벗었지만 가면은 그대로 쓰고 있었죠. 의자 두 개와 원형 의자 한 개에 각각 자리를 잡았고 가수인 엘리사베타와 아니타는 서 있었어요. 방의 한쪽 구석에는 한 남자가 침대에 누워 있었습니다. 마치 나무토막 같이 깡마른 그 남자는 피부에 검버섯이 군데군데 피어 있었어요. 침대 옆에는 한 신부와 의사인지 가족인지 구분이 잘 안 가는 사람이 서 있었죠. 그는 침대 위의 남자에게 허리를 굽히고 귀에다 무슨 말인가를 속삭였어요. 세 번째 사람은 책상에 앉아 있었죠. 그는 우아하지만 절제미가 묻어나는 옷을 입고 있었고, 앞에 펜과 종이 몇 장을 펴 놓고 있었어요. 세 사람 모두 노인들이었죠.

"그들이 도착했습니다."

중얼거리는 소리가 들리는 듯했어요. 무표정한 가면 뒤에 숨어 있는 내 눈은 마치 열쇠 구멍처럼 뚫려 있는 두 개의 틈을 통해서 방에 있는 사람들을 한 사람씩 살펴보았어요.

우리는 테레사 수녀님의 신호에 따라 케이스에서 악기를 꺼냈어요. 배를 타고 오면서 테레사 수녀님과 함께 결정한 음악들을 연주하기 시작했습니다. 잠시 후 사제가 침대에 누워 있는 노인의 귀에 속삭이는 모습이 보였어요. 그리고 나서 세 사람이 뭔가를 상의하더니 테레사 수녀님을 향해 이야기했고, 수녀님은 머리를 가로저으며 거절했어요. 그들이 나누는 대화는 거의 들리지 않아서 각자의 얼굴을 대조하면서 표정을 유심히 바라보아야 했죠. 사제가 제안을 하자 수녀님은 거절했어요. 의사인지 가족인지 모르는 사람은 간청을 했고 수녀님은 화를 냈어요. 그러나 마지막에 수녀님은 우리들에게 다가와서 이제까지 한 번도 들어본 적이 없는 요구를 했어요.

"얘들아, 모두 가면을 벗어라."

수녀님이 말씀하셨어요. 가면의 틈을 통해서 비치는 네 친구들의 눈을 살펴보았어요. 그들은 어떻게 해야 할지 몰라 어리둥절한 표정을 지었어요. 수녀님이 다시 한 번 우리들이 잘못 들은 게 아니라는 걸 확인해 주자 막달레나가 먼저 손을 들어 턱으로 가져갔어요. 나머지 네 명의 소녀들도 머리 뒤에 있는 끈 매듭을 풀었습니다. 줄리오 신부님과 몇몇 나이 많은 사제들을 제외하고, 낯선 남자 앞에서 아무것으로도 가리지 않은 맨 얼굴을 보여 주는 일은 이번이 처음이었어요.

그들은 주름진 얼굴 위로 속눈썹을 치켜 올리고 우릴 쳐다보았어요. 내 얼굴에 그들 시선이 꽂혔어요. 내 얼굴은 다른 사람에게는 아무 가치가 없을지 모르지만 내겐 소중한, 남에게 보여 주지 않는 은밀한 부분이고 아무에게도 보여 주지 않았던 나의 비밀입니다. '당신들은 누군가요? 당신들은 우리들에게 어떤 권리를 갖고 있는 건가요?'

"이 분은 죽음을 맞이하고 계셔."

테레사 수녀님은 마치 범죄를 정당화 하려는 듯 우리에게 말했어요.

"이 분은 오랜 세월 동안 우리 성당 미사에 참여해 오셨다. 경건한 독지가이시고, 그저 단 한 번 너희들 얼굴을 보고 싶어 하셨어. 전혀 나쁜 일이 아니야."

그러고 나서 우리들에게 의자를 들고 침대 곁으로 가까이 가라고 명령했어요.

우리는 얼굴을 드러내고 양 볼이 빨개져서 연주했습니다. 목까지 꼭 싸맨 옷 속으로 땀이 흘러 몸이 흠뻑 젖었어요. 방바닥 속으로라도 기어들어가고 싶은 심정이었죠. 노인들의 시선에 완전히 노출된 느낌이었어요.

사제는 일이 잘 진행되자 만족스러운 표정을 지었어요. 책상 앞에 앉아 있던 단정한 신사는 종이와 펜을 들고 죽어가는 사람에게 다가갔죠. 방안의 공기는 숨이 막힐 정도로 탁했어요. 우리 악기들을 스쳐지나간 공기는 번갈아가며 솔로로 노래하다가 듀엣으로 열창하던 엘리사베타와 아니타의 목 안으로 파고들었어요. 음악이라는 향기를 뿌려서 공기를 정화하려고 했지만 공기는 점점 악취를 풍겼어요.

베개를 베고 있는 노인의 가죽만 남은 얼굴과 눈을 바라보았어요. 눈은 정지해 있었죠. 눈꺼풀은 마치 너무 큰 셔츠를 걸친 목처럼 눈에서 떠 있었어요. 나는 그 눈빛에서 가느다란 생명의 빛, 우리의 연주에 대한 반응을 찾아보았어요. 누군가의 앞에서 얼굴을 드러내고 연주하자 우리의 음악은 평상시와는 다른 음악이 되었습니다. 음악은 순수한 자율적인 흐름을 통해 우리의 개성을 표출하고, 우리를 표현하는 음악으로 바뀌어 갔어요. 이것이 저 노인이 바라던 것인가? 음악의 샘을 발견하려는 것일까? 우리에 대해 더 알고 싶은 것인가? 우리를 만든 실체, 우리의 육체가 성장하며 익숙해진 소리, 태어날 때부터 음악에 훈련된 우리의 얼굴을 보고 싶었던 것인가?

나는 음악과 함께 성장했습니다. 고아원의 첫날부터 나는 합창, 활, 현, 음, 하모니 상자에 노출되었어요. 나의 육체는 이런 음악적인 피부조직, 소리를 내는 척추를 중심으로 만들어졌어요.

어머니, 그 노인이 우리가 연주하는 동안 유명을 달리했다고 말한다면 장엄한 느낌이 들 거예요. 하지만 난 부정하고 싶어요. 우리가 노인을 위해 연주하는 동안 그가 죽었다고 단정할 수는 없어요. 우리가 노인을 위해 연주한 것인지, 아니면 노인이 우리를 위해 죽은 것인지? 누가 더 자신을 완전히 드러냈을까요? 누가 더 꾸밈없는 모습을 보여 주었을까요? 나는 마치 최면에 걸린 것처럼 날 바라보는 노인의 두 눈을 응시하며 시간을 잊은 채 연주했어요. 어쩌면 그 눈은 이미 죽은 눈이었는지도 모르죠. 이미 죽었기에 나를 더욱 깊게 바라보았을 수도 있었겠죠. 우리가 노인의 죽음을 동행했다기보다는 노인이 우리의 연주를 다시 살아나게 한 것이에요. 노인은 우리 자신에게서 우리가 아직 모르고 있던 음악을 밖으로 끌어냈어요. 시간이 얼마나 흘렀는지 알 수 없었지만 어느 순간 사제가 충분하다고 말했어요. 우리는 다시 가면을 쓰고 악기를 케이스에 넣었어요.

나는 내 바이올린도 드러내고 싶지 않습니다. 가방 속에 넣은 채로 연주하고 싶습니다.

저녁에 막달레나는 이층 침대 밑으로 고개를 내밀고 말했어요. 책상 앞에 앉아 있던 남자는 공증인이었대요. 공화국의 법은 공증인들이 유언을 남기는 사람에게 우리 고아들의 이야기를 들려주도록 규정하고 있어요. 달리 말하면 공증인은 임종을 맞이하는 사람이 유산 일부를 고아원에 기증하길 원하는지 확인하는 의무를 가지고 있습니다. 한마디로 우리는 돈을 위해 연주하러 갔던 것이죠. 죽어가는 사람에게까지 돈 문제는 끈질기게 따라다녀요. 삶은 항상 돈 문제, 죽음과 돈 문제지요. 우리는 성당에서 자선을 호소하고 고아원의 재정을 위해 연주합니다. 예수님은 매일 죽음을 맞이하고 우리는 그분의 장례식에서 돈을 위해 연주하지요. 음악은 죽음과 돈을 위해 존재하고, 돈은 죽음과 음악을 통해 얻는 셈이지요.

우리는 음악이란 섬세한 관에 산 채로 매장되었습니다.

우린 창살과 금속망, 소리를 내는 금속파이프 뒤에 머물러 있어요.

"내 생각에 우리는 진실을 알게 되었어." 나의 죽음이 말한다.

"왜 내게 이런 말을 하는 거야?"

"마침내 넌 죽어가는 사람을 보았어, 어떤 느낌이 들었니? 흥미로웠니?"

"넌 어디에 있었는데?" 그녀를 다시 보게 돼서 기쁘다는 사실을 그녀가 눈치 채지 못하게 나는 무심히 말한다.

"그런 건 왜 묻지?"

"네가 보고 싶었어."

"그래? 요즘에 나 없이도 잘 지낸다 생각했는데."

"무슨 소리야?"

"하지만 사실이야. 네가 잠을 잘 잤던 날들도 있어. 난 결코 네 꿈을 방해하고 싶지 않아."

"난 꿈을 꾸지 않아."

"네가 어떻게 알아? 아침에 꿈이 사라지고 잊히는 것뿐이야."

"내가 꾸는 꿈은 온통 어둠뿐이야. 사람들이 눈을 감고 잠에 빠졌을 때 머리를 채우는, 꿈의 어두운 부분 말이야."

어머니, 난 절망에 빠졌습니다. 당신께 쓴 편지들을 누군가가 가져갔어요.

나는 죄인처럼 고아원 안을 배회해요. 지나치다 싶을 정도로 일에 몰두하며 아무 생각 없이 내가 해야 될 일들을 하고 있어요. 아침부터 저녁까지 목이 조여 드는 느낌이에요. 오늘 요리사 한 명이 끓는 기름이 튀는 바람에 한쪽 눈을 실명했어요. 그 말을 들으며 마치 내 잘못으로 그런 사고가 일어난 듯 머리가 숙여졌어요. 모든 게 다 내 책임이라는 생각이 들어요.

시간은 자꾸 가는데 아무도 날 부르지 않습니다. 그 일을 입에 올리는 사람이 아무도 없어요. 혹시 친구들 중 누군가가 가져갔을지 모른다는 생각에 그들의 시선을 유심히 관찰하고 있어요. 그들의 눈빛에서 혹시 나를 미친 아이쯤으로 여기지는 않는지 신경을 곤두세우고 있습니다. 어쩌면 그들은 편지를 보기 전에도 날 미쳤다고 생각했을지도 모르지만요.

편지가 없어진지 사흘이 지났습니다. 그 누구에게도 이 일을 물어볼 용기가 나지 않았어요. 수녀님들은 내게 아무 말도 하지 않으셨어요. 고해신부님도 마찬가지였고요. 그 일을 입에 담는 사람은 아무도 없었습니다. 나는 번민 속에 빠졌어요. 어쩌면 이런 침묵 자체가 나를 벌하는 그들만의 방법일 수도 있겠다 싶었죠. 어떤 일이 벌어질지 모르는 극도의 초조와 불안, 긴장 속에서 내가 저지른 일을 스스로 반성하도록 말입니다.

어머니, 당신께 편지를 쓰는 동안 내가 한 일이 있다면 유령과 말하는 일뿐이었어요. 나의 인생에 존재해서는 안 되고 존재할 수도 없는 분, 날 부정한 분, 당신에게 나는 존재하지 않는다는 걸 내게 분명히 알게 만든 분을 그려 보려고 노력했어요. 하지만 역설적으로, 당신께 편지를 쓰며 난 유령에 불과하다는 사실을 분명히 확인했습니다.

고아원 관계자들은 나를 잘 대해 줍니다. 그러나 나의 편지들로 나는 그들의 노력을 물거품이 되게 했어요. 그들은 나를 먹여 주고 입혀 주었어요. 그들은 날 교육시키고, 내게 한 가지 직업인 예술을 가르쳤어요. 그들은 내게 모든 걸 주었어요. 그럼에도 불구하고 태어난 첫날부터 내게 필요한 모든 걸 주어야 하는 의무를 거부한 사람, 그 사람이 내 옆에 없다는 사실을 한탄하는 걸로 나는 그분들에게 보답하고 있어요. 그분들은 어떤 엄마보다도 더 대단한 것을 내게 주셨어요. 그분들은 내게 주님과 음악을 알게 해 주었어요. 그분들은 내 연약한 손으로 아주 작은 부분이나마 하느님의 영광을 연주하는 법을 가르쳐 주었어요. 그런데도 나는 슬피 울며 시간을 보냅니다.

그들은 나를 한 인간으로 성장시키고 있지만, 나는 한 사람의 딸이 되는 걸 더 원하고 있어요.

어느 날 테레사 수녀님이 날 호출해서 따라오라고 했습니다.

"서둘러라. 시간이 별로 없다." 재촉하며 말했어요.

수녀님은 내가 한 번도 가 본 적이 없는 고아원 한편으로 날 데리고 가셨어요. 어떤 문 앞에 이르자 복도에 사람이 있는지 주위를 살펴보고 나서 안으로 들어갔습니다. 방 안에는 벽을 따라 대형 가구들이 빼곡히 차 있었어요. 테레사 수녀님은 내게 뒤로 돌아서서 눈을 감고 있으라고 했어요. 시키는 대로 눈을 감자 수녀님이 방 한구석으로 가는 소리가 들렸어요. 잠시 후, 돌아서서 봐도 된다고 내게 말했지요. 눈을 뜨자 수녀님은 손에 크고 묵직한 열쇠를 들고 있었어요. 수녀님은 책장 문을 열었어요. 책장은 큰 책들과 서류뭉치, 헝겊 끈으로 묶인 서류철로 가득 차 있었어요. 모든 책과 서류들은 질서정연하게 일렬로 놓여 있었지요. 수녀님은 한 가지 서류를 꺼내서 책상에 놓았어요. 수녀님은 재빨리 서류를 넘기기 시작했죠. 수녀님의 거친 행동은 이 모든 질서정연함과 대비되었어요.

"자 여기를 읽어 보거라."

페이지 중간에 내가 너무 잘 알고 있는 날짜가 있었어요. '4월 21일, 초록색 배내저고리를 입고 있음' 이렇게 쓰여 있었죠. 테레사 수녀님은 그 페이지에 붙어 있는 봉투를 열고 종잇조각을 꺼냈어요. 거기엔 바람지도[6]가 그려져 있었습니다. 바람지도는 끝이 뾰족한 초록색과 하늘색 삼각형 바늘이 교대로 뻗어나가는 방사상으로 이루어졌더군요. 봉투의 접힌 부분에 쓰인 이 그림을 설명하는 문장을 제게 가리켰죠. '바람지도를 두 조각으로 나누어 반쪽을 신표로 남김.' 다른 설명도 있었죠. '아기가 호흡을 잘 못함. 태어나자마자 세례를 받았고 세례명은 체칠리아임.'

"이게 우리가 너에 대해 알고 있는 전부이다." 테레사 수녀님이 말했어요.

난 울먹이며 수녀님을 꼭 안았어요. 늙은 수녀님의 몸에서는 먼지 냄새가 났어요.

"애야, 진정하려무나. 여기서 빨리 나가야 한다. 누가 우릴 보기라도 한다면 우린 끝장이다." 수녀님은 날 부드럽게 밀어내며 말했어요.

"우리 두 사람 모두 음악 대신에 화장실 청소나 하게 될 거야."

"뭘 생각하니?" 나의 죽음이 내 귀에 대고 속삭인다.

"내가 어떤 생각을 하길 바라니?"

---

6) 바람이 불어오는 방향에 따라 8방위로 나누어 바람이 불어오는 곳과 방위각을 표시한 도표. 기준점은 이오니아 해의 말타 섬 근처이다. 도표는 원을 8등분하여 원의 중심에서 원주를 향해 긴 삼각형의 바늘이 방사상으로 뻗어나가게 그린 다음 각 바늘 끝에 바람이 불어오는 곳과 방위각을 표시한다. 각각의 삼각형은 세로로 이등분해 서로 다른 색으로 표시한다.

"이런 때는 생각을 다른 데로 돌려 봐."

"다른 걸 생각할 여지가 없어."

"너는 자신에 대해 너무 집착하고 있어. 세상은 넓어."

"나를 위한 세상은 아니야."

"넌 참 불만이 많구나."

"내가 지금 생각하고 있는 건 바로 세상이야."

"네 엄마가 어디에 있을지 생각하고 있지?"

"난 엄마를 결코 찾지 못할 거야."

"넌 엄마를 잃은 적도 없고 가진 적도 없어."

일상이 멈추었어요. 나는 어둠 속을 헤매고 있어요. 내가 어디 있는지, 무엇이 옳은 것인지, 내가 밑으로 가라앉고 있는 것인지 아니면 서 있는 것인지 알 수 없습니다.

나는 기계적으로 숨을 쉬고, 기계적으로 침대에서 일어납니다. 기계적으로 연주하고 기계적으로 기도하죠. 어쩌면 이 중 아무것도 하지 않고 있다고 말하는 게 맞을 거예요. 뭐가 뭔지 모르겠어요.

얼마 후, 항상 편지를 숨겨 놓았던 곳에서 사라졌던 편지들을 다시 발견했어요. 누군가 내가 편지를 다시 찾을 수 있게 갖다 놓은 것입니다. 테레사 수녀님일 가능성이 커요. 용서를 의미하는 것일 겁니다. 편지 쓰는 행위를 묵시적으로 승인한다는 의미일까? 혹은 편지들을 다시 읽어보라는 의미일까? 혹은 내가 하는 모든 행동은 테레사 수녀님과 내 영적 인도자들의 손바닥 안에 있고 그들은 내

일거수일투족을 하나도 놓치지 않는다, 내 모든 행동은 감시되고 그들의 판단 아래 있다는 사실을 명심해야만 한다는 것을 인식하게 하려는 뜻일까? 아무튼 이 사건은 책임이라는 것을 더욱 깊이 인식하는 계기가 되었어요. '부적절한 행동은 하지 말거라. 네가 하는 모든 행동은 네 영혼의 건강을 진정으로 걱정하는 사람이 지켜보고 있다는 걸 기억해라. 너를 지켜보는 이런 시선은 한 순간도 멈추지 않는다는 사실을 직시하고 너 자신을 살펴라. 이것은 하느님의 시선을 말하는 것이 아니라는 사실도 명심해라. 오만은 하느님을 불편하게 만드는 것, 우리들의 어리석음을 경계하라.'

시간이 아무 의미 없이 지나갑니다. 잠자리에서 일어나 무슨 말을 하는지도 모르며 입으로만 중얼거리는 기도를 해요. 어떤 말도 귀에 들어오지 않아요. 그냥 아무 차나 마시고 친구들과 오래된 음악을 연주합니다. 연주 소리는 아무 느낌도 주지 않고 내 몸의 기관들을 스쳐 지나가요. 오선지 위의 음표들이 자신들의 말을 들어 달라고 간절하게 손짓하며 다가와요. '좋아, 진정 원한다면 너희들의 말을 들어줄게, 한번 해 보자. 자, 나 여기 있어! 연주는 하지만 너희들의 소리는 듣지 않겠어.'

작곡가이자 바이올린 선생님인 새로운 마스터가 왔습니다. 그는 젊고, 큰 코에 빨간색 머리를 하고 있어요. 나는 이곳에서 가장 어린 아이들을 가르치고 있어요. 바이올린을 팔에 대는 방법과 활을 어떻게 움직이는지 보여 주죠. 어제는 한 아이가 바이올린으로 삐걱거리는 문소리를 흉내 낼 수 있는지 물었어요. 어떤 아이는 야옹 야옹 우는 고양이들을 더 좋아한다고 말했죠. 난 아이들을 조용하게 한 다음 그들을 꾸짖었어요. 음악은 장난이 아니라고 말이죠. 그러면서 아이들에게 연습 과제를 두 배로 주었어요.

어머니, 작은 핏덩이인 나를 초록색 옷에 싸서 고아원 벽감에 놓았나요? 당신이 남긴 신표는 바람지도 반쪽이더군요. 나는 당신이 서고에 보관된 신표와 일치하는 나머지 반쪽을 갖고 고아원에 찾아와 내 엄마임을 증명하고. 당신의 딸을 데리러 왔다고 말하는 날이 오리라고는 믿지 않아요. 내가 어린아이였을 때 그런 일이 있어야 했는데 이미 너무 늦었어요.

하지만 어머니, 이미 너무 늦었다고 말하면서도 숙녀가 되어 가고 있는 최근 몇 년 사이 나는 당신이 필요함을 느낍니다. 내가 지금까지 지내온 상태와는 전혀 다른 뭔가가 있어요. 이 점에 있어 수녀님들은 아무 도움이 되지 못해요. 테레사 수녀님은 내게 잘 해 주시지만 여자가 된다는 것이 뭘 의미하는지 그분 역시 아시는 게 없습니다. 내 친구들은 모두 이 안에서 성장했어요. 그들 또한 여자가 된다는 게 뭘 의미하는지 모릅니다. 그들은 두려움 많은 철부지들이에요. 그녀들에겐 음악과 환상만이 존재하죠. 사랑하는 사람을 만나게 되는 상상을 하고, 부잣집 아들로부터 청혼 받는 꿈을 꾸어요. 그녀들은 사랑과 가족을 바라고 아이를 갖기 원하죠. 자신들의 연주를 듣는 사람들을 자기와 사랑에 빠지게 만들 수 있다는 믿음으로 창살 뒤에서 연주해요. 하지만 우리 음악을 감상하러 오는 사람들도 자기만의 환상을 갖기 위하여, 환상 그 자체를 즐기기 위해서 오지요.

소녀들은 착하고 부자인 청년이 자신들을 데리러 오는 상상을 합니다. 반대로 성당에서 우리 음악을 듣는 젊은이들은 한 번도 본 적이 없는 우리들의 얼굴을 상상하고 그 환상에 빠지죠. 이 세계에선 각자 자신의 환상을 사랑하게 됩니다.

우리는 환상을 서로 교환합니다. 우리가 상상 속에서 취향대로 그려낸 이상적인 형상 안으로 살과 뼈를 가진 실제 사람들이 들어오길 기대하지요. 또한 우리가 상상한 형상의 윤곽대로 그들의 몸매와 크기가 변화하길 원합니다.

어머니, 당신이 날 이곳에 맡겼을 때 내가 입고 있던 옷 색깔이 우연한 것은 아니겠지요? 신표로 당신이 남긴 바람지도의 색상들에는 어떤 의미가 있는 것인가요? 몇 주 째 다른 것은 아무것도 생각나지 않고 밤에도 마음이 혼란스럽습니다.

당신이 그 색깔들에 숨겨 두었을지도 모르는 메시지를 찾아내려 애쓰고 있어요. 초록과 하늘색. 당신은 날 초록색 배내옷에 싸서 이곳에 맡겼어요. 내가 서고에서 본 나의 출생기록 안에 있던 바람지도에서 바람의 방향을 지시하는 삼각형 바늘도 초록색과 하늘색으로 되어 있었어요. 각각의 바늘은 세로로 이등분 되어 두 개의 삼각형이 쌍을 이루고 있더군요. 한쪽은 초록색이고 다른 쪽은 하늘색이에요. 서고에 보관되어 있는 바람지도의 일부는 고아원에 남아 있는 나를 상징하는 것이고, 여기에 없는 다른 조각은 바로 당신이겠지요. 초록색 옷을 입고 있었던 난 초록색 부분이고, 당신은 하늘색 부분이겠군요. 바람지도는 대각선으로 잘려 있었습니다. 여기에 남아 있는 반쪽은 서북쪽을 가리키고 있어요. 나머지 반쪽은 하늘색이며 당신을 나타내지요. 당신은 바람지도의 각 바늘에서 초록색인 나와 짝을 이루는 다른 면이에요. 당신은 잘려나간 부분인데 남동쪽을 향하고 있어요. 틀림없이 이래야만 해요. 확신하건대 그래요.

당신은 바다를 향해 떠났지요. 하늘색을 향해, 남동쪽인 달마치아 아니면 그리스를 향해서 말이죠. 난 북서쪽인 육지에 남아 있어요. 이곳은 풀이 자라고 당신은 내게 초록색 옷을 입혀 이곳으로 데려왔어요. 당신은 떠나야만 했기에 날 버렸어요. 우리 공화국 소유인 슬라브 해나 그리스 해 같은 곳으로 도피해야 했기 때문이죠. 아니면 당신은 날 버렸기에 떠나야만 했어요. 내가 태어나자마자 그렇게 했어요. 하지만 당신이 생각한 방향의 단서를 내게 남기길 원했더군요.

요즘 나는 다른 생각은 전혀 하지 않아요. 수만 가지 가정을 하고 수없이 많은 장면을 그려봅니다. 나의 모든 환상의 중심에는 늘 당신이 있어요. 당신은 나를 세상에 내려놓고 내게서 떨어져 멀리 달아나는 허상입니다.

난 '빈 공간'으로부터 세상에 왔습니다.

움푹 파인 벽감, 비좁은 손바닥만한 공간, 그 작은 공간에서 꺼내기. 이 보잘 것 없는 것들이 나의 어머니입니다.

'보잘 것 없는 것'의 딸이 되는 것. 이것이 내게 주어진 운명입니다.

진실을 꿰뚫어 보았다고 생각하면 흥분해서 마음이 들뜹니다. 그러다가 이런 생각들은 착각이나 환상에 불과하고, 낡아빠진 종잇조각, 반으로 찢어진 그림, 더 이상 존재하지 않는 옷 색깔 따위에 너무 많은 의미를 부여하고 있다고 자조하며 무너져 내려요. 내가 뭘 어떻게 해야 하죠? 몇 초 동안 힐끗 보았던 반으로 찢어진 종잇조각의 형태와 옷에 대한 묘사가 내 머릿속을 떠나지 않습니다. 이것이 내가 본 전부죠. 나에 대해 알고 있는 모든 것, 당신에 대해 알고 있는 모든 것이죠.

우리는 남자들의 음악을 연주합니다. 음악가들은 거의가 신부님들이에요. 남자들은 그들의 음악을 통해 우리들의 영역으로 들어옵니다. 우리들의 새 바이올린 선생님이자 작곡가인 비발디 신부님은 자신이 작곡한 음악을 우리에게 가져옵니다. 우리는 그의 악보를 읽고 각각의 파트를 옮겨 써요. 이렇게 음악은 우리 안으로 끼어들기 시작합니다. 우리는 눈으로 음악을 따라갑니다. 팔을 움직여 음악을 복사하고 음악을 공부해요. 그런 다음 악기들을 팔에 기댑니다. 비발디 신부님의 음악은 우리 눈 안으로 들어오고, 우리들의 머리를 채우고, 우리들의 팔을 움직이게 합니다. 오른쪽 팔꿈치와 손목은 활을 다루며 유연해지고 왼쪽 손가락들은 현 위로 굽혀집니다. 남성들의 음악이 우리를 통과합니다.

어머니, 난 이 건물을 내 마음처럼 훤히 알고 있습니다. 복도의 길이와 계단의 숫자, 문과 문 사이의 거리를 완벽하게 기억할 정도예요. 단순하게 머릿속에만 있는 기억이 아니라 몸에 새겨진 신체적인 기억이지요. 어떤 방의 대각선 길이를 잴 때 항상 같은 횟수의 걸음을 정확하게 반복하고 적당한 넓이의 보폭을 유지하며 움직이는 다리에 새겨진 기억입니다. 눈 감고 손을 뻗어 손잡이를 아주 살짝 잡고, 결코 실수하는 일 없이 정확하게, 손마디 관절이 문에 닿지 않게끔 손잡이를 돌리는 손에 각인된 기억이죠. 오랜 세월을 지내면서 나는 생각과 상상만으로 이 고아원을 눈 감고도 통과하는 법을 배웠습니다. 나의 상상은 주변 환경과 늘 일치했어요. 보폭은 늘 정확했고 계단을 오르기 위해 발을 들어 올리는 높이는 너무 높지도 낮지도 않지요. 나는 어떤 방향으로 어떻게 움직여야 하고 얼마만큼 움직여야 하는지를 생각하지요. 고아원은 내 생각이 조종하는 움직임과 일치해요. 고아원은 내 생각의 일부입니다.

"너는 현실감을 잃어가고 있어."
"내가 뭘 해야만 하지?"

"너는 모든 게 네 생각이 만든 것이라고 생각해. 너의 엄마, 너의 인생, 너의 출생. 지금은 고아원까지."

"너 역시 내 생각이 만든 것이야."

"맞아, 네 앞에 다시는 나타나지 않을게."

"너마저 날 버리지 마." 내 죽음은 아무 대답이 없다.

"날 버리지 마……!"

어머니, 언짢게 생각지는 마세요. 내가 또 한 분의 어머니와 대화하러 그분께 갔던 밤들이 있습니다. 당신은 이미 그 사실을 눈치 챘으리라 생각하지만 처음으로 고백할게요. 나는 침대에서 일어나 모두가 잠들어 정적에 휩싸인 고아원을 가로질러 갑니다. 깊은 밤, 가장 깜깜한 시간이에요. 어둠의 농도가 가장 짙게 깔린 그런 밤 시간이지요. 난 복도를 따라서 눈을 감고 움직이죠. 계단이 나타나면 하나씩 하나씩 계단을 올라가요. 손은 금속으로 만들어진 계단 난간을 스치고 지나가죠. 나는 아주 작은 변화도 알아차립니다. 마지막 문에 도착해서 문을 열면 확 트인 공간이 느껴져요. 성당 안에 들어선 것이죠. 성당 바닥으로부터 몇 미터 위에 있는 발코니에 도착한 거예요. 이곳은 그물망 같은 금속 난간으로 몸을 가리고 우리가 항상 음악을 연주하는 바로 그 장소입니다.

깜깜한 성당엔 하느님의 어머니가 계셔요. 칠흑 같은 어둠 속에서 난 그분을 볼 수 없어요. 하지만 난 그분의 모습이 제대 뒷벽에 그려진 걸 알고 있어요. 나도 역시 어둠 속에 가려 보이지 않아요.

어둠이 이렇게 짙은데 공기가 가볍게 떠다닌다는 게 놀랍기만 합니다.

어머니, 하루는 텅 빈 성당의 어둠 속에서 연주하려고 바이올린을 가져간 적이 있어요. 나는 늘 음악에 젖어 있습니다. 나의 내부에서 음악이 끊임없이 연주되고 있어요. 나는 또 다른 어머니인 그분에게 음악을 바치고 싶었어요. 난 고아원 건물을 빠져나와, 성당 벽에서 내부로 돌출되어 공중에 매달린 발코니의 문을 열고 그 안에 앉았어요. 암흑 속이었죠. 내 앞과 아래 위에 어두운 공기로 꽉 채워진 공간이 펼쳐지는 걸 느꼈어요. 내가 숨 쉬고 있는 공기가 제대 뒤쪽 벽에 그려진 주님의 어머니 얼굴에도 스쳤어요. 나는 감격스러웠어요. 내 가슴 안에선 격정이 일고 있었지만 겉은 평온하기만 했죠. 단순하게 내 마음에서 일어나고 있던 격정에만 몰입하며 그걸 성모님께 바쳤습니다. 나의 영혼 안에서 일고 있던 격정을, 나의 마음 속에서 작곡하고 있던 음악을, 연주하지 않고 성모님께 직접 들려 드리는 것이 최선이라 믿었습니다.

나는 생각과 달리 조심스러웠습니다. 모두가 잠든 밤에 성당 안에서 연주를 한다면 즉시 누군가가 날 발견하겠죠. 하지만 아무도 우리의 영혼 안에서 연주되는 비밀스런 음악을 듣지는 못해요. 아무도 우리 안에서 음악이 울리는 걸 막지는 못해요. 아무도 우리에게서 그걸 훔쳐갈 수 없습니다.

남자들은 파티를 열어요. 그들은 눈부신 연미복을 입고 값비싼 금속으로 치장하죠. 감미로운 시적 언어로 화려한 언어의 향연을 벌입니다. 향기와 음악으로 분위기를 채워 가지요. 그들은 모든 걸 겉으로 드러낼 필요가 있어요. 모든 걸 밖으로 쏟아내야만 해요. 내면에서 느끼는 것을 항상 자신의 외부로 표출해야 합니다.

우리 소녀들에겐 영혼을 채우고 있는 것을 표현하는 일이 허락되지 않아요. 그럼에도 불구하고 우리는 음악에 젖어 있어요. 성모님은 우리 안에서 무엇이 일어나는지 들으시지요. 굳이 우리가 그분을 위해 직접 연주하지 않아도 그분은 다 알고 계시니까요.

오늘은 이런 생각 그만 할래요. 단지 고아원 규칙을 따르고 있을 뿐이라고 생각할 겁니다. 세상은 우리가 조용히 있길 바라지요. 그렇지만 음악은 어쨌든 우리의 영혼 속에서 울려 퍼집니다. 우리는 이런 영혼의 음악이 공기를 통해 귀로 듣는 음악보다 더 진정한 것이라고 여기기에, 우리가 조용히 있길 바라는 세상 사람들의 기대에 부응하고 있을 뿐입니다.

왜 여성 음악가는 존재하지 않는 걸까요? 왜 여성은 작곡을 하지 않을까요? 왜 여성들은 자신의 영혼 속에서만 음악이 샘솟게 놔 두어 스스로 고통 받고, 생각이 녹슬어 가는데도 그냥 만족하는 걸까요? 왜 여성들은 내면에서 용솟음치는 음악을 밖으로 쏟아내며 자유로워지지 않는 걸까요? 여성들의 영혼 속에서 태어난 음악이 세상을 가득 채운다면 어떤 일이 벌어질까요?

그날 밤, 나는 그렇게 바이올린을 잠재우고 침묵하고 있었어요. 이런 행동은 탁월한 선택이었지요. 밖에서는 내가 침묵하는 것으로 보였을 테니까요. 하지만 내 안에서는 백 개의 악기가 연주되고 있었어요. 난 마음으로 음악을 연주하고 있던 것이지요. 내면에서 바이올린은 폭풍우처럼 몰아치는 소리의 파도에 잠겼죠. 폭풍우에 익숙한 돌고래처럼 수면 아래로 사라졌다 떠오르기를 되풀이 했어요.

나는 성당 안의 발코니에 앉아 있어요. 앞에는 끝이 보일 것 같지 않은 어두운 공간, 위로는 하늘의 심연이 펼쳐지는 그런 공간에 숨죽인 채 매달려 있었지요. 어두운 공기가 살며시 내 안으로 들어왔다 나가요. 내 피가 부드럽게 역류하고, 내 심장의 고동이 가만히 발작함을 느껴요. 나는 내 몸을 연주합니다.

나는 밤이 끝나갈 무렵 성모님을 만나러 가지요. 어둠이 더욱 짙어지는 시간이에요. 기숙사를 가로질러 복도를 통과하고, 문들을 살며시 여닫고, 계단을 오르면 텅 빈 성당과 마주합니다. 주위가 온통 어둠으로 둘러싸인 발코니로 들어가서 난간 가까이 창살 뒤쪽에 자리를 잡고 앉지요. 나는 허공에 매달린 느낌입니다. 한참 후 새벽을 알리는 빛이 새어 들어와 성모님 얼굴을 비추기 시작할 때 일어서서 잠자리로 돌아오곤 하지요.

"난 질투가 많아."

"그런 이유로 나타나지 않았구나."

"인정할게. 난 솔직하거든. 사실을 말하자면 난 너의 두 번째 어머니를 시기하고 있어."

"누구를?"

“네 안에서 연주되는 음악을 들려주는 어머니 말이야.”

“너를 위해서도 연주해 주길 바라니?”

“모르겠어.”

“내게 그런 요구를 하는 게 부끄러워?” 나의 죽음은 웃음을 터뜨린다.

“내 힘이 얼마나 강한지 난 알아. 네게 어떤 약한 모습을 보여 준다 해도 난 전혀 위험에 처하지 않아.”

“우리가 만날 수 있는 장소를 알려 준다면 널 위해 연주할 수도 있어.”

“글쎄……..”

“너는 매번 다른 장소로 불쑥불쑥 날 찾아오지만 네가 약속을 한다면 내 음악을 들려주겠어.”

“글쎄……..”

“싫어?”

“두려워.”

“네가? 믿을 수 없어.”

“네가 무서워. 내게 소개하려는 음악 때문에 넌 공포를 느껴 소리를 지를 수도 있어. 넌 미쳐버릴지도 몰라.”

* * *

난 방에서 나왔어요. 고아원을 가로질러 발코니 쪽으로 난 문을 열고 난간에 매달린 창살로 다가갔어요. 성당은 어둠에 잠겨 있었습니다. 나의 음악기도가 내 안에서 솟구치게 정신을 집중했어요. 잠시 내 심장이 뛰는 것을 느꼈습니다. 첫 번째 두근거림, 두 번째 두근거림, 그리고 세 번째 두근거림이 이어졌어요. 그때 내 심장의 두근거림이 빈 공간에 울려 퍼지며 밖으로 튀어나오려는 것 같았어요. 무슨 일이 일어나고 있는 걸까? 나의 심장 뛰는 소리가 성당 안에 울려 퍼지다니! 나는 경악했어요. 이 성당은 아주 섬세한 기교가 필요한 아리아도 그 효과를 극대화 할 수 있고 개미소리까지도 들릴 수 있게 설계된 하나의 커다란 음악상자였어요. 하지만 심장이 뛰는 소리까지 증폭시킬 수 있다고는 상상조차 할 수 없었죠. 아마 어두운 공기가 가슴에 묻힌 심장, 그 안에 숨겨진 비밀의 방과 남몰래 내통하고 있나 봐요. 그러나 잠시 후, 그 소리는 내 심장 뛰는 소리가 아니라 발자국 소리라는 걸 깨달았어요. 난 혼자가 아니었습니다. 누군가가 성당 안을 걷고 있었어요.

어둠 속을 걷는 사람은 제의실을 통해서 들어왔음이 틀림없어요. 성당 뒤쪽에 위치한 제대를 향하는 듯했어요. 내가 고아원을 잘 알고 있듯이 그 공간을 잘 아는 사람임이 틀림없어요. 그 사람도 나처럼 어디에 걸리거나 부딪치지 않고 거리를 계산하면서 어둠 속을 거침없이 걸어 다닐 수 있었어요.

나는 상상만으로도 단순한 형태인 소 성당에서 들리는 발자국 소리의 위치를 파악할 수 있었습니다. 그 소 성당은 성당 끝에 제대가 있고 제대 앞에 몇 개의 계단이 있는 장방형의 구조예요.

　얼마 후, 발자국 소리는 처음에 소리가 들려왔던 곳으로 돌아갔습니다. 서랍이 열리는 소리가 들리고 열쇠로 작은 자물통을 여는 소리가 들리자 벽에 붙은 옷장 문이 열렸어요. 나는 통증을 느낄 정도로 귀를 바짝 기울였지요. 혹시 동이 틀 무렵 깊은 어둠 속에서 내가 꿈을 꾸고 있는 것은 아닌지 의심스러웠어요. 하지만 자수로 장식된 천에 손 스치는 소리가 들리는 듯했어요. 두꺼운 천에 양각으로 금박이 입혀진, 딱딱한 대칭 무늬가 눈에 보이듯이 상상되었어요. 천을 스치는 소리는 점점 커졌고 휘감기는 소리도 났어요. 누군가 제의를 입고 있었던 거예요.

　발자국 소리가 제대로 되돌아왔어요. 그렇다면 나는 더 이상 의심할 필요가 없습니다. 한 남자가 어둠 속에서 속삭이고 있었어요. 어둠 속에서 미사를 집전하고 있었던 것이죠.

　나는 너무나 아름다운 말들을 귀 기울여 들었습니다. 그는 그 말들이 지닌 의미를 애써 모른 척하려는 듯이 나지막하게 속삭였어요. 말소리들은 입안에서만 맴돌았어요. 어느 순간 전례는 꿈을 꾸듯 중간에 끊어졌어요. 갑자기 사제가 미사 의식을 띄엄띄엄 건너뛰고 있다는 사실을 알게 됐어요. 벌써 미사가 그 시점까지 왔단 말이야? 아니면 사제가 의식을 중단하기라도 한 거야?

　"주님, 전 무능한 사제입니다." 사제가 말했어요.
　"저는 목소리가 작고, 저 자신을 표현할 힘이 없습니다. 저는 강론하는 법도 모릅니다. 차라리 입으로 말하는 대신에 음악은 얼마

든지 드릴 수 있습니다. 우리들의 목소리가 말을 할 때, 조용하게 있을 때, 노래하지 않을 때라도 말입니다."

새벽의 여명이 창문을 통해 스며들고 어둠이 물러가기 시작했어요. 빛은 맨 먼저 빛을 받는 형체들의 윤곽을 드러내고 그것들의 잠을 깨웠어요. 세상에서 가장 먼저 비춰야 할 형체들과 맨 처음 다시 모습을 드러내야 할 윤곽을 조심스레 선택하고 있었죠. 잠시 후 아침이 되면 사물들을 완벽한 누드로 드러내는 빛의 폭력에 미리 길들이기라도 하듯 그것들을 어루만지고 있었어요.

제대를 향한 주례사제의 어깨가 보였고 성찬의 전례 시간이 되었어요. 그의 몸짓이 뭔가 이상했습니다. 자신이 행하고 있던 행동에 크게 놀라는 듯이 보였어요. 그는 손에 빵 한 조각을 쥐고 양팔을 높이 들어 올렸어요.

그는 몇 초 동안 자신이 무엇을 했는지 이해하지 못했어요. 그런 자세를 취한 게 뜻밖이란 표정이었으니까요.

그러고 나서 그는 자동적으로 양손을 금잔으로 가져가 그것을 높이 들어 올렸어요. 사제는 잔을 내려놓고서 잔 안에 있는 내용물의 냄새를 맡았습니다. 시큼한 냄새에 그는 어리둥절했죠.

그는 이제 막 빵과 포도주를 축성했어요. 빵과 포도주를 주님의 살과 피로 변화시켰죠. 아니, 그보다는 주님이 형편없는 빵과 유효기간이 지난 포도주 한 잔 안에 재림하셨다고 말하는 것이 더 나을 거예요. 사제는 몸을 떨었어요. 그는 이 모든 것이 불결하다고 느꼈을 거예요. 빵은 곡식과 발효된 과즙이 되어 버린 신. 꼭꼭 씹혀 인간들의 불결한 뱃속에서 소화되는 신.

그의 내장 속을 돌아다니는 주님의 여행에 대해서는 생각하기 싫었어요. 그의 몸 안에서 불결한 이동을 마친 후 밖으로 배설된다는 사실에 대해서는 더욱 생각하기 싫었죠.

그의 고통이 마치 내 고통처럼 다가왔어요. 그가 말하는 걸 들은 건지 아니면 내게 그런 말들이 떠올랐는지는 확실하지 않지만, 다음과 같은 말을 들었어요.

'왜 주님은 이런 길을 택하셨을까? 단 한 번의 육화만으로는 충분하지 않으셨을까? 왜 끝없이 우리들 몸속에서 부활하길 원하셨을까? 왜 십자가 위의 죽음보다 더 불명예스러운 굴욕을 끊임없이 받길 원하셨을까? 이러한 굴욕은 채찍질과 침 뱉음을 받고, 죄인처럼 모욕을 당하고 죽임을 당하는 것보다 천 배나 고통스런 일일 텐데, 우리들의 내장 안에서 이런 수난을 받는 길을 왜 택하셨을까?'

창문을 통해 새벽을 알리는 최초의 빛이 성당 안으로 들어왔습니다.

사제는 손가락 사이에 쥐고 있던 것을 바라보았죠. 빵 한 조각과 포도주 반 잔. 그는 빵을 입에 넣었어요. 그는 빵을 씹어서는 안 된다고 믿고 있었어요. 그래야만 주님의 몸이 상처받지 않을 테니까요.

그는 빵을 목구멍으로 밀어 넣었어요. 빵은 목구멍 아래로 내려가지 않았습니다. 근육을 더 세게 조이기 위해 턱을 아래로 내리면서 삼켰어요. 목이 막히자 기침을 했어요. 손으로 가슴을 쳤지만 기침은 계속 나왔어요. 빵 조각이 목구멍을 완전히 막은 거예요. 그는 숨을 쉴 수가 없었어요. 헐떡거리며 제대 위에 상체를 기댄 채 쓰러졌어요. 그는 기진맥진했어요.

"비발디 신부님, 비발디 신부님!"

제의실 쪽에서 할머니의 목소리가 들렸습니다. 곧이어 제대를 향해 달려가는 아폴로니아 수녀님이 보였어요.

"천식, 천식이에요! 고집을 부리시더니 그만 ……. 신부님은 미사를 집전해서는 안 된다는 사실을 아시잖아요!" 수녀님이 말했죠.

"기도로 넘어갔어요 ……." 사제는 경련을 일으키며 겨우 중얼거렸어요.

"숨을 쉴 수가 없어요 ……."

비발디 신부님이 계속해서 기침을 하는 동안 수녀님은 그의 등을 힘껏 두드리기 시작했어요. 힘차게 철썩 철썩 내리쳤지요.

성당 안에는 이렇게 이상하고도 흉측한 리듬이 울려 퍼지고 있었어요. 한 사제가 몸으로 바치는 기도를 하고 있었던 것이죠. 기침 소리와 그의 몸을 두드리는 소리로 말이죠. 그의 몸은 주님을 소화하여 거름으로 변화시키기를 거부했어요.

아폴로니아 수녀님은 바람 빠진 북, 공기가 새는 가죽주머니를 연주하며 무성의 폭발 소리들을 내고 있었어요.

사제는 입 안에 뭔가 시큼한 물질이 들어오는 걸 느꼈습니다.

그는 눈을 뜨고 늙은 수녀가 자신에게 금잔의 내용물을 마시게 하는 걸 보았어요.

"아니, 그건……." 목구멍에 걸린 주님의 몸을 내려가게 하기 위해 그분의 피를 목으로 넘기는 건 크나큰 죄악일 수 있다고 생각한 사제는 항의조로 말했어요.

"마셔요. 어서 마셔요. 선하신 하느님은 당신 피로 신부님을 구한 것에 만족하실 거예요. 걱정하지 말고 쑥 넘기세요." 수녀님이 말했습니다.

나는 밤의 어두운 바닥에서 서서히 피어나는 꿈을 경험하듯이 이 장면을 지켜보았습니다. 나 자신이 그 사제처럼 느껴졌어요.

나의 삶은 모든 것이 하나같이 비정상적입니다. 나는 타인의 삶에 전혀 관심이 없습니다. 난 친구들의 문제에도 관심이 없어요. 그들의 다툼에 개입하지 않고 그들의 쓸데없는 말을 귀담아 듣지도 않아요. 그러다가 어느 날 갑자기 누군가의 안으로 깊숙이 빠져들어갔습니다. 그의 감정을 느끼고, 그의 느낌을 공유하고, 그와 일치를 이룹니다. 어머니, 테레사 수녀님, 갓 태어난 고양이들, 성모마리아 그리고 지금은 비발디 신부님이 내 안에 그렇게 들어왔습니다.

어머니, 몇 주 전부터 내게 이상한 일이 일어나고 있습니다. 당신은 그걸 눈치 챘나요? 당신께 편지를 쓸 때 나도 모르게 철자들이 음표로 변해요. 문장은 선율이 되고 단어에는 대위법이 적용됩니다. 내가 자연스럽게 작곡을 하고 있다는 사실에 스스로 놀라죠. 마치 이야기하듯이 떠오르고 소리로 바뀌는 생각들을 난 옮겨 쓰고 있어요.

잃어버렸다가 다시 찾은 편지들을 비롯해 당신께 썼던 편지들을 다시 읽으며 몇 구절 위에 일련의 음표들을 표시해요. 내가 당신께 하고 싶은 말들을 아리아와 모테토 형식에 따라 하프시코드 반주에 맞춰 노래할 수 있는 레치타티보로 바꿔 나갑니다.

생각과 그 생각을 표현하는 말은 음악적 화음을 만들어 갑니다. 그것들은 마치 동시에 연주되는 두 개의 음 같아요. 어떤 때는 화음을 이루고 어떤 때는 불협화음을 이루지요. 단어의 발음과 의미는 음악적 화음을 만듭니다. 문장은 대위법처럼 부드러워져요.

단어가 지속적으로 저음을 낼 때 그것은 단어의 의미입니다. 단어의 멜로디가 그 의미와 조화롭게 일치할 때도 있고 때로는 부적합하고 귀에 거슬리기도 합니다. 문장은 그것이 표현하는 개념과 날카롭게 대립할 때도 있어요.

우리는 연습실에서 신임 마스터 작곡가로부터 오디션을 받기 위해 한 사람씩 연주했습니다. 비발디 신부님은 우리들의 외모에서 영향을 받지 않으려고 돌아앉아서 연주를 들었어요. 여성들의 얼굴과 육체는 어떤 힘을 갖고 있는 걸까요? 연주 외에 다른 일을 할 때는 물론, 연주할 때도 남에게 보여 주어서는 안 된다. 그렇지 않으면 여성들의 외모는 모든 것에 영향을 미치고 가장 냉정한 영혼들의 판단력까지도 흐리게 만든다. 이런 걸까요?

내 친구들은 매우 고무되었습니다. 사실 새 작곡가를 처음 만나서 좋은 인상을 남긴다는 건 별로 의미가 없는 일이죠. 우리가 진정한 능력으로 자신을 알리는 건 일상적인 연습에서 이루어져요. 하지만 그들은 눈에 띌 수 있는 기회를 놓치려 하지 않아요. 그들에게는 그런 것이 삶의 전부입니다.

내 차례가 왔어요. 아가다 수녀님이 연습실 안에서 날 불렀습니다. 나는 안으로 들어가서 명단의 이름을 체크하던 수녀님 앞으로 가서 섰어요. 그녀 옆에는 비발디 신부님이 있었죠. 하지만 그는 뒤로 돌아앉아 있었어요. 늙은 수녀님은 날 바라보며 구릿빛 머리를 가진 젊은 사제 귀에 입을 가까이 대고 몇 마디를 속삭였어요. 난 침묵 속에서 몇 초인가 기다렸고, 매우 유치한 수준의 곡을 연주했어요. 바이올린을 손에 잡은 지 일 년도 채 안 된 어린이들에게 연주시키는 연습곡 중의 하나였습니다. 난 그의 등과 옆으로 땋아 늘어뜨린 빨간 머리를 보며 연주했어요. 그의 머리는 내 연주음들을 포착하는 금속성 거미줄처럼 보였어요. 연주곡의 마지막 부분에서 난 음정이 안 맞는 소리를 냈어요. 칭찬받거나 선택되고 싶지 않았고 평범하게 남고 싶어서 일부러 한 행동이에요. 선곡에서 이미 엉망이 되어 버린 오디션 중간에 일부러 틀린 음을 낸 거지요. 장난스럽게 보일까봐 너무 눌리지 않은 소리를 냈어요.

오후에 난 나이가 가장 어린 아이들을 돌보고 있었어요. 그때 비발디 신부님이 들어왔어요.

"애들아, 너희들 선생님이 잘 가르쳐 주시니?"

“전 선생님이 아닌데요. 전 아직 너무 어려요. 오후에 몇 시간 동안 아이들이 연습하는 걸 도와주고 있을 뿐인걸요.” 난 이렇게 대꾸했어요.

“아이들이 말하게 내버려 두렴.” 비발디 신부님이 웃으면서 내게 말했죠.

“잘 가르쳐 주세요. 하지만 우리들이 새 소리를 내게 했던 때와는 달라요.” 가장 어린 엘레나가 대답했습니다.

“새 소리라고?” 신부님은 깜짝 놀란 듯이 얼굴을 가볍게 찌푸리며 물었어요.

“맞아요. 선생님은 우리들이 바이올린으로 제비 소리를 내게 했어요. 게다가 선생님은 나이팅게일이 우는 소리를 연주했어요.”

“너희들은 그 수업이 좋았니?”

“네, 아주 좋아요. 하지만 우리들에게 더 이상 그걸 시키지 않아요.”

“난 바이올린을 어떻게 연주하는지 보여 주려고 했을 뿐이야. 그리고…….” 난 당황해서 우물거리며 말했어요.

“얘들아, 내게도 그 소릴 들려주지 않겠니?” 비발디 신부님이 말했어요.

아이들은 비발디 신부님의 말을 잘못 알아들은 게 아닌지 귀를 의심하는 눈치였어요. 하지만 곧 그들은 한 달 전처럼 바이올린의 줄을 누르며 제비 소리를 내기 시작했어요. 귀에 거슬리고 날카로운 소리였지만 그때보다 훨씬 자연스러웠어요. 마치 그때 가르쳐 준 걸 잊지 않고, 그 소리를 다시 한 번 내보길 기다렸다는 듯이 말이죠.

"이게 나이팅게일이니?"

"그건 선생님만 할 줄 알아요." 어린이들의 대답을 듣자 비발디 신부님은 나를 쳐다보았습니다.

"자, 한번 해 보겠니? 뭘 망설이는 거야?" 신부님이 내게 말했어요.

난 내키지 않았지만 자주 틀리는 오음들을 섞어 가며 섬세한 곡을 연주했어요.

"나를 다시 한 번 속이려 하지 마. 이건 지난번 오디션 때 그랬던 것처럼 일부러 틀린 음을 흉내 낼 때 내는 소리야. 완벽하게 연주할 수 있는 사람만이 흉내 낼 수 있다는 것은 연주의 기본 상식이지."

난 고아원에 함께 살고 있는 소녀들에게 관심을 가지려고 온갖 방법을 시도해 봤지만 쉽게 되지 않아요. 그들의 생각과 욕망을 이해하려고 노력해요. 하지만 그들의 말을 오 분 이상 듣고 있으면 산만해지고 다른 걸 생각하게 돼요. 그들 중 누군가 당신을 닮았다 하더라도 그들에게서는 당신을 연상하는 데 도움이 되는 작은 실마리를 찾을 수 있을 뿐이에요. 그들에게서 발견되는 작은 특징들을 모아 보면 어머니, 어쩌면 당신 모습을 떠올릴 수 있을지도 모릅니다.

오늘 아침 연습 때 비발디 신부님이 우리에게 준 악보를 보고 할 말을 잃었습니다.

“불완전해!”

“한 악장이 없네.”

“네 부분이 아니고 세 부분이야.”

“서곡 아다지오는 없어.”

“프레스토로 시작하네.”

내 친구들은 경악했습니다. 오늘 고아원은 그 일로 하루 종일 시끄러웠습니다. 다른 일들은 관심 밖이었어요. 하지만 수녀님들은 눈 하나 깜짝하지 않았습니다.

“마스터가 작곡한 곡이라면 너희들은 연주하는 수밖에 없어.”

젊은 신부가 제대로 수녀님들의 마음을 사로잡았네요. 지금 그의 편을 들어줄 스무 명의 엄마가 주위에 있는 셈이지요.

난 지금까지 이처럼 영악스럽지 못했습니다. 누구에게도 자신을 의지하려 하지 않았어요. 나만을 위한 엄마 한 분을 만드는 것도 생각하지 못했어요. 난 당신께 충실합니다. 어머니, 난 당신에게 원한과 증오로 충실합니다. 복수와 불만으로 충실합니다. 불평과 모욕으로 충실합니다.

“넌 옳지 않아. 널 양녀로 받아들인 사람이 있었지?”

“네가 갑작스럽게 나타난 것에 내가 감사하기라도 해야 하는 거니?” 나의 죽음에게 대답한다.

“네가 한 말 맘에 두지 않겠어. 하지만 이 안에 있는 많은 사람들이 널 좋아해.”

"누가?"

"네가 알고 있을 텐데."

"테레사 수녀님?"

"내게 물어보지 마, 네 자신이 더 잘 알걸."

"제대 위의 성모님이 날 좋아하실까?"

"네 머릿속에 떠오르는 음악을 들려주려고 넌 여전히 그분을 찾아가잖아?"

"그래, 매일 밤."

"그것 봐, 넌 그분을 좋아해. 이 점이 중요해."

"뭐가?"

"마음을 주기. 마음을 받기보다는 마음을 주기. 사랑받기보다는 사랑하기."

"내가 너를 실망시켰구나, 그것도 아주 심하게."

"잘 들어 봐, 사랑받기보다 사랑하는 일에 더 실망을 느끼는 거야. 사람들에게 그 어떤 것도 기대하지 마."

오늘은 어떤 성인의 축일인지 모르겠어요. 우리는 오늘 처음으로 비발디 신부님이 작곡한 새로운 협주곡을 대중 앞에서 연주해야 합니다.

성당은 사람들로 북적거렸어요. 발코니에서 내려다보면 난간을 바라보는 머리밖에 안 보여요. 화려한 헤어스타일만이 보이죠. 우아한 옷깃들이 스치는 소리와 연주를 기다리는 동안 사람들이 웅성

거리는 소리가 들려요.

비발디 신부님이 미소 지으며 우리에게 신호를 보냈고 우리는 연주를 시작했습니다. 나의 시선은 아래를 향하고 있었어요. 연주가 아다지오의 서곡 없이 이처럼 빠르게 시작했을 때 나타나는 사람들의 반응을 보려고 창살 너머 아래를 응시하고 있었죠. 사람들은 예상치 않은 상황에 놀란 듯 고개를 쳐들고 귀를 기울이는 것 같았어요.

그런데 성당 한구석에 열 명 남짓한 청중들이 조용히 앉아 우리들의 연주를 한 부분이라도 놓칠세라 귀 기울여 감상하고 있었어요. 그들은 오케스트라의 한 부분이었죠. 정신을 집중해서 음악에 빠져 있는 사람들은 연주에선 빠져서는 안 될 주요한 악기와 같아요. 그들은 관중 속에서만 연주하지요. 음악을 받쳐 주는 귀를 가진 사람들이 없이 음악은 존재하지 않습니다.

어머니, 우리의 연주를 어떻게 당신께 들려줄 수 없을까요? 당신은 음악을 감상할 줄 아나요? 상상으로밖에 달리 방법이 없네요. 우리가 음악을 연주하자 성당 안에 앉아 있던 사람들 머리 위로 분가루가 떨어지는 듯했어요. 우리들은 향기 나는 가루와 여성스러운 향신료를 사람들 머리 위로 뿌리고 있었습니다. 비발디 신부님은 우리들의 여성적인 특성이 물씬 풍기는 협주곡을 작곡한 것이지요. 이 곡은 세 악장으로 구성되었는데 첫 번째 악장은 쾌활함, 두 번째는 유약함, 마지막 장은 다시 유쾌함을 표현하고 있습니다. 신부님은 우리의 몸으로부터 여성적인 소리들을 이끌어냈어요. 털이 무성

한 늙은 남성들의 귀에 그들이 듣길 원하는 여성들의 음색과 소리로 해석된 우리를 들려주었습니다.

다른 무엇보다도 이 사실만은 꼭 말하고 싶어요. 나는 오늘 연습 때 떠올랐던 영감보다 더욱 많은 걸 본 연주에서 느꼈어요. 뭔가 더 잘하고 있다는 생각이 들었지요. 비발디 신부님은 우리를 독려했어요. 우리들이 자신을 뛰어넘어서게 했어요. 우리는 발코니에서 떨어지고 있었습니다. 빠른 움직임 속에는 일상적인 우아한 몸짓과 협주곡에 요구되는 경쾌함을 넘어서는 뭔가가 있었죠. 흐트러지고 부끄러움을 모르는 정열이 있었어요. 중간 아다지오에는 어울리지 않는 낙담이 표현되었는데 낙담을 위로하는 부분은 없었습니다. 이 음악은 여자를 묘사하고 있어요. 우리는 공기 속에 우리들의 감미로운 향기를 뿌렸어요. 비발디 신부님이 바라던 게 이걸까요?

오늘 연습할 때 비발디 신부님은 들판에 아름다운 계절이 오는 걸 혹시 본 적이 있느냐고 우리에게 물었어요. 첼로 연주자인 죠반나가 그녀의 가족들이 죽기 전 어릴 때의 기억을 말하려 했지만 비발디 신부님이 그녀의 말을 가로막았어요.

"좋아, 미안하지만 이번에는 널 빼고 해야 할 것 같다." 신부님은 직접 그녀를 연습실에서 데리고 나가 그녀를 대체할 다른 아이를 데리고 왔어요. 그리고 우리에게 다시 질문하기 시작했어요.

"너희들 중에 들판의 봄을 본 사람이 있니?"

"아니요."

"단 한 번도 본적이 없어?"

"우린 이 안에서 성장한 걸요. 우린 배를 타고 섬 사이를 돌아본 적은 있지만 들판을 지나간 적은 없어요."

"꽃이 피는 땅을 한번 보겠니?"

"네."

"좋아, 준비들 해라."

신부님은 우리를 환상에 젖게 했습니다. 우리를 위해 한 번도 본 적 없고 가 본 적도 없는 장소로 소풍을 준비하고 있다고 했어요. 하지만 이 소풍은 포상의 의미가 아니라 연주 준비로서 공부의 연장이었습니다. 우리들에게 땅과 하늘의 소리들을 듣게 해 연주 실력을 향상시키려는 목적이었죠. 신부님은 우릴 기만했어요.

"좋아 아가씨들, 지금부터 세상과 날씨를 돌아보자. 상상을 통해 너희들은 모든 것이 될 수 있어. 우아해질 수도 있고 질풍노도도 될 수 있다. 너희들은 자신 안에 모든 것을 갖고 있어. 용기도 가지고 있겠지? 준비됐어?"

그분은 계절의 소리를 흉내 낸 음들로 혼성곡을 작곡했어요. 내가 연습실에서 아이들과 함께 연주했던 것을 표절한 거예요.

봄의 협주곡 시작 부분에서 두 소절은 아주 길게 울어대는 제비 소리로 끝나요. 제비 울음소리는 공기를 가르고, 하늘을 가르고, 그 갈라진 자리에 새 공기를 불어넣습니다.

"너희는 이처럼 우아한 소리를 내지 않아. 이 소절 마지막에서 제비가 큰 소리로 울게 해 봐." 비발디 신부님이 우리에게 말했어요.

앞부분의 음들은 제비들이 날아오는 소리예요. 이어서 공기 중에 온기가 퍼지고 물이 얼음에서 풀려나와 도망치듯 흘러갑니다. 갑작스런 폭풍우에 새들은 노래를 멈추지만 그리 오래가지는 않아요. 양치기는 점심식사 후 코를 골고, 개가 짖어대고, 사내들과 아낙들은 해지기 전에 춤을 추며 축제를 하고…….

"비발디 신부님, 무도회가 뭐예요?"

"나도 본 적이 없는데."

"남자와 여자들은 어떻게 함께 춤을 추나요?"

"나도 몰라."

"무도회가 어떤 건지 알지 못하는데 어떻게 그걸 연주하죠?"

"너희들은 그게 어땠으면 좋겠니? 남자들과 여자들이 함께 행복하게 되는 방법을 상상해 볼까? 여기에서는 농부들이 풍적[7] 부는 소리를 들어야 해." 비발디 신부님은 악보 한 페이지를 가리키며 말했어요.

"풍적이 뭐데요?"

"입으로 바람을 불어넣는, 가죽주머니로 만들어진 악기야. 앞으로 메고 주머니에 바람을 불어넣으면 공기는 항상 같은 음을 내며 관으로 빠지지. 다른 관에서는 손가락으로 구멍을 막거나 열면서 멜로디를 연주하는 악기야."

---

7) 風笛 양이나 염소를 통째로 말려 만든 가죽주머니에 갈대 관들을 끼워 만든 악기

"하지만 우리는 현악기밖에 없어요."

"너희들이 가죽주머니에서 공기가 빠져나가는 소리를 내게 들려 줘야 해."

"바이올린과 비올라로요?"

우리의 가면무도회는 계속 되었어요. 우리는 자기 자신이 아닌 척하고, 듣도 보도 못하고 갖고 있지도 않은 악기를 흉내 내야 하는 것이죠. 우리가 연주할 수 있는 것을 일부러 연주하지 못하는 척하고, 우리 악기로 그것의 본래 소리가 아닌 다른 소리를 내야 하는 것이에요. 우리들의 바이올린이 사물과 풍경, 동물과 소리, 심지어는 다른 악기처럼 보이게 해야 돼요. 농부들이 술을 너무 많이 마신 탓에 한쪽 발로 껑충껑충 뛰며 형편없이 연주하는, 제멋대로 연주하는 바이올린처럼 보이게 해야 해요.

…… 뻐꾸기와 산비둘기는 끊임없이 울어대고, 참새들은 싸우듯이 짹짹거려요. 바람이 가까이 불어오며 점점 거세집니다. 젊은 농부는 탄식하고 일을 마친 후에는 피로가 몰려오지요. 파리들. 말벌들. 저 아래쪽에서 천둥소리가 요란하게 귓전을 때리고 들판 위로 돌진해 와요. 우리는 폭풍우로 변합니다! 우린 폭풍우예요. 폭풍우가 몰아치고 우린 파괴해요. 아름다운 날씨를 무참히 짓밟아요!

"맑은 날씨를 파괴해라! 맑은 날씨를 파괴해! 좀 더 강하게! 너희들은 폭풍우야. 폭풍우가 되거라! 애들아, 폭풍우가 되거라!"

난 이 모든 것이었어요. 바다의 폭풍우, 육지의 폭풍우, 천둥, 번개였어요. 자신을 초월해 내가 질풍노도가 되는 걸 느끼며 난 울었습니다. 내가 이처럼 많은 것으로 변할 수 있다는 것에 감동했어요. 나 자신에게 동정이 아닌 연민을 느꼈어요. 내가 단순히 나일 수 없음에 울었습니다. 나는 전혀 다른 존재, 매우 강한 존재로 변할 수 있어요. 난 더 이상 다른 것을 원하지 않습니다. '나 여기 있습니다. 난 체칠리아이고, 내 전부가 여기 있습니다.' 라고 자신 있게 말할 수 있는 것으로 만족합니다.

비발디 신부님은 계절마다 하나씩 네 개의 시를 썼어요. 청중들이 음악을 더 잘 감상할 수 있도록, 마치 눈 뜨고 꿈을 꾸듯이 음악과 함께 상상을 불러일으킬 수 있도록 성당에서 그 시를 인쇄하여 나눠 주었어요. 신부님은 영악스러운 거짓말쟁이에요. 아이들 같은 장난으로 음악의 순수성을 오염시켰죠.
　신부님은 각각의 협주곡을 연주하기 전에 그 곡의 내용을 설명하는 시를 큰소리로 읽을 것을 고집했어요.

'봄이 왔네, 새들은 봄을 반기며 인사를 하네……' 그분은 성당에서 연주회를 하는 동안 악보에 쓰인 해설을 큰소리로 읽으라고 바르바라를 연습시켰어요.

'봄기운이 사방에 퍼지네. 새들은 노래하는 법을 다시 배우고 얼

음이 녹아내려 물의 형체는 온 데 간 데 없네.'

   '목동은 염소들 옆에 무릎을 세우고 앉아 있네. 개는 먼 곳에 있
는 뭔가를 향해 짖어 대고, 양치기는 제멋대로 춤을 추네.'

   '더워서 숨이 막히네. 뻐꾹새가 울고 산비둘기는 서로에게 말을
거네. 방울새 한 마리가 그 사이로 끼어드네.'
   '폭풍우가 먼 곳에서 위협하네. 북풍이 불어와 모든 것을 파괴하
리라. 젊은 농부는 분노하며 탄식하네.'

   '가는 곳마다 파리가 날아다니네. 폭풍우가 시작되네.'
   '농부들은 노래하며 춤추네. 한 농부는 술을 너무 많이 마셔 비틀
거리다가 선 채로 잠을 자네.'

   '짐승들은 도망가고, 총 소리와 개 짖는 소리, 짐승은 상처를 입
고 죽어가네.'

   '바람이 무섭게 몰아치네. 사람들은 발을 동동 구르면서 몸을 녹
이네. 추위에 덜덜 떨고 이가 저절로 부딪친다네.'

   '비가 내리네. 세상이 온통 비뿐이네.'

'조심스레 얼음 위를 걷는다네. 미끄러져 넘어지고, 바닥에 떨어져 부딪히네. 땅이 발밑에서 갈라지네.'

'불어오는 바람은 얼음장처럼 차갑네. 바람이 한꺼번에 몰려오네.'

청중들이 그 시를 어떻게 받아들였는지 상상해 보았습니다. 격렬한 음악을 연주하는 발코니로부터 우박이 무겁게 떨어졌죠. 그들 머리 위로 음악이 물동이째 쏟아졌어요. 그들은 한 인간이 일 년 동안에 경험할 수 있는 모든 걸 들었습니다. 세상을 성찰하고, 세상 안에 묻혀 살아야 알 수 있는 경험들인 더위와 추위, 무기력과 만취를 들었습니다. 이 모든 현상을 연주하던 우리는 단순히 그것들을 듣기만 한 게 아니었어요, 그 현상들은 우리를 관통했어요.

어머니, 이 모든 자연현상은 바로 나 자신이었다고 말한다면, 그래서 나는 새였고 폭풍우였으며 나머지 모든 것도 나였다고 당신께 말한다면 그건 진실이 아닐 수도 있어요. 내 말은 그저 단순한 표현이거나 사실을 왜곡하는 말이 될 거예요. 하지만 이 모든 현상이 음악적으로 해석된 게 바로 나였고, 바이올린 연주자 입장에서 난 세상의 전부였어요. 달리 말하면, 우주의 질풍이 나를 지나갔고 내 전부를 움직였어요. 내가 당신께 꼭 하고 싶은 말은 내가 바로 그 우주 안에 있었다는 것입니다. 내 주위에 있던 오케스트라의 연주를 듣는 감상자인 동시에 그 오케스트라의 한 부분이었어요.

시간과 공간, 그 안에 담긴 모든 것이 나를 관통하여 지나갔어요. 마지막에 나는 정신이 빠졌습니다. 한 시간 동안 난 음악적으로 우박이었고, 음악적으로 무더위였고, 음악적으로 혹한이었으며, 음악적으로 따스함이었고, 음악적으로 꽁꽁 얼어버린 발이었으며, 음악적으로 높은 데서 떨어져 우릴 다치게 하는 얼어붙은 흙덩이였고, 음악적으로 부드러운 잔디였으며, 염소를 지키는 목동의 잠 속에, 짖어대는 개 안에, 파리의 눈 속에 있었으며, 음악적으로 검은 구름이었고, 비틀거리는 걸음걸이, 겁에 질린 동물과 그 동물을 죽이는 탄환이었습니다.

'번개'는 오로지 비발디 신부님의 바이올린만이 광적인 독주를 통해 음악적으로 접근하는 것이 가능했어요. 하늘의 신경은 예민해져 한 가지 생각에 사로잡혀 있습니다. 비밀의 심장부에서 미쳐 가고, 요동치고, 전율합니다. 세상은 균열이 생기고, 창조의 근원은 갈라지고 빛을 번쩍거리지요.

한 시간 동안 우리는 몸과 마음으로 연주하며 음악적인 순간을 살았습니다. 음악을 발산하던 오케스트라에 잠겨 질풍이 우리를 지나갔습니다. 우리는 오케스트라의 일부분이 되었고, 연주를 들음과 동시에 엄청난 소리와 침묵을 만들어 냈습니다. 한 시간 동안, 우리는 인간에게 일어날 수 있는 모든 걸 경험했어요.

우리들은 추상의 세계로 던져졌습니다. 우리 내면에만 존재하는 이런 관념이 육체 안을 통과합니다. 우린 그것을 음악이라 부릅니다. 연주하며 세상 소리들을 모방하는 건 유치한 일입니다. 왜냐하면 음악이 모방할 수 있는 유일한 것은 우리의 관념이기 때문입니다.

음악은 순수 관념에 보다 가까운 어떤 것입니다.
음악은 우리들 밖에 있는 것으로 완성된 관념입니다.

사계는 결국 익살에 불과합니다. 악기로 흉내 낸 봄, 여름, 가을, 겨울. 가면을 쓴 음악. 부끄러운 일이죠.
어머니, 지금 나는 나 자신이 그 음악을 연주하며 얻은 체험으로부터 한 발 뒤로 물러나려 하고 있습니다. 몇 시간이 지나지 않은 지금, 직접 체험한 감동으로부터 자신을 방어하기 위해 그 음악을 혹평하고 있어요.

도시 전체가 '사계' 콘서트로 떠들썩했습니다.
"여러분, 고아원 운영위원들이 내게 이번 곡에 필적할 만한 다른 협주곡을 써 달라고 요청해 왔다. 우린 이 도시보다도 큰 공포를 연주할 거야. 바다의 폭풍우, 난파되는 배들 그리고……"
"세상의 소리를 모방하는 것은 너무 유치해요. 음악이 모방할 수 있는 유일한 건 우리들의 관념이에요." 어떤 목소리가 그분의 말을 끊었어요. 목소리 주인공은 바로 나였습니다.

내 무례함에 연습실은 물을 끼얹은 듯 조용했습니다. 내 친구들은 몸이 마비된 듯 숨도 쉬지 않았어요. 마리안나 수녀님은 어떻게 반응해야 할지 엄두도 못 냈지요. 동요하지 않은 유일한 사람은 비발디 신부님이었습니다.

"네 말이 맞다. 내 작품은 가장 어리석은 것이었어. 하지만 모든 사람들의 귀에 음악이 들리게 하기 위해서 필요한 일이었어. 우리를 이해시키기 위해 우리는 겸손해야 하지. 단순함을 효율적으로 이끌어내기 위해서는 복잡함을 이용해야 한다."

성공적으로 사계 연주를 마친 비발디 신부님은 이제 무엇이든 할 수 있다고 생각했어요. 어느 날 우리 기숙사에 허풍쟁이 신부님이 찾아왔어요. 그는 첼리스트들이 악기를 무릎에서 내려놓아야 한다고 주장했어요.

"너희들은 연주를 해야지 인형놀이를 해서는 안 돼."

"그럼, 첼로를 어떻게 잡아요?"

"첼로를 수직으로 땅에 세우면 돼."

"하지만 다리는 어떻게 하죠? 첼로가 지탱이 안 돼요."

"무릎 사이를 벌리고 첼로를 세운 다음 무릎으로 조이면 되지."

"다리를 벌리라고요? 불편해요."

"아무도 너희들을 볼 수 없어. 너희들이 연주하는 발코니는 높은 데다 난간 뒤에서 연주하잖아."

이번엔 수녀님들이 당혹스러워했어요. 수녀님들은 새로운 방법에 대한 운영위원들의 반응을 문제 삼았어요.

"아무도 소녀들을 볼 수 없을 겁니다." 비발디 신부님은 반복해서 말했어요.

"이런 기이한 행동이 알려지면 항의가 들어올 겁니다. 누군가 스캔들을 만들 거예요."

"항간에선 우리가 소녀들을 절도 있게 교육시키지 못했다고 말할 거예요. 이 도시에 있는 다른 고아원은 우리와 경쟁관계에 있어요. 그들은 독지가들에게 아이들을 보다 올곧은 사람으로 키울 수 있는 곳에 돈을 기부하는 편이 좋을 거라고 설득할 거예요 ……."

"… 소녀들은 아직 부족한 게 많은 연주자입니다." 비발디 신부님은 반박했어요.

"그러니 보다 신중하게 행동해야 합니다."

"첼로를 다리 사이에 세우고 연주하는 게 뭐가 나쁘죠? 가능하면 좀 더 편한 자세로 연주해야만 합니다. 악기는 죽은 아이가 아니에요."

"하지만 남편도 아니잖아요. 단지 허가 문제 때문에 말하는 겁니다. 비발디 신부님, 만약 이런 사실이 누구 귀에라도 들어간다면……."

"그들의 귀에 전달되는 건 우리 첼리스트들이 연주를 성공시킨 방법일 것입니다. 보다 자유로워진 손으로 현을 다루는 것이죠. 수녀님들도 그들의 손가락이 얼마나 빨리 움직이는지 느끼게 될 거예요."

악기는 죽은 아이들과는 아무런 상관이 없어요. 벌목되어 조각난 나무가 있습니다. 내장을 꺼내 말리고 꼬고 늘리려고 살해된 동물들이 있어요. 화음 상자들과 현들. 내 바이올린 안에는 죽은 숲과 도살된 동물의 목소리가 있습니다. 우린 자연의 장례식을 연주하고 그 시체를 팔로 안고 있는 것이죠.

비발디 신부님은 성당 벽의 모서리들을 발코니와 같은 높이로 파내어 공간을 확보하려고 합니다. 그 공간에 합창단을 배치할 생각이에요. 열창하는 가수들의 목소리가 사방에서 들려오고, 마치 밀물처럼 밀려오는 역풍이나 해풍, 말다툼 소리나 향수처럼 노래 소리와 악기 소리들이 서로 마주치고, 서로 섞이고, 서로 엉키며, 성당 중앙으로 모이게 하기 위해서죠.

어제 우린 덴마크 왕을 위해 연주했습니다. 왕은 자신의 신분을 감추고 싶어 했어요. 하지만 어떤 대사가 지나친 충성심으로 경의를 표하려고 왕의 뜻에 반해 그의 방문을 공표해 버렸지요. 그 결과 귀족들과 공화국은 덴마크 왕에게 경의를 표할 수밖에 없었어요. 덴마크 왕은 오래 전부터 이 도시 뒷골목에 가 보길 기다려왔지만 신분이 드러나 공식적인 행사에만 참여할 수밖에 없었지요. 우리는 재단의 일부분이기에 공식 행사의 한 파트를 담당합니다. 우리는 지루함을 더 가중시킬 뿐이에요. 이것이 우리에게 맡겨진 임무입니다. 창살을 통해서 아래를 살펴보면, 귀족들은 우리들의 연주를 들으며 한숨을 내쉬고 부인들은 하품을 해요.

부정직함을 확연하게 드러나게 하며 정직을 상징하는 사람들이 있습니다. 우리는 이런 일에 적합해요. 우리의 음악을 감상하러 온 사람들은 연주가 끝난 후 이곳을 떠날 때 -그들에게 우리는 도덕의 본보기로 여겨집니다- 그들이 오로지 자신에게 즐거움을 주는 기호를 충족시키려고 이곳에 오는 것인지 생각해 봅니다. 한 발 더 나아가 우리는 그들의 정신을 고양시키고, 그들의 영혼은 높이 올라갔다가 높이 올라간 만큼 더 짜릿함을 느끼며 깊은 상실의 바다로 추락합니다.

오늘 비발디 신부님은 새로운 협주곡을 우리에게 선보였습니다. 우리는 악보 주변으로 몰려갔어요. 호기심으로 가득 찬 우리들은 욕망에 굶주린 듯이 악보를 넘겼어요. 우리들이 건너가야 할 새로운 모험을 미리 즐기면서 말이죠. 그러나 몇 분 지나지 않아 우리들 얼굴에는 실망의 빛이 역력히 떠올랐습니다.

"그런데 지난주의 협주곡과 같은데요……."

"같게 보일 뿐이야, 애들아."

"멜로디 흐름도 같고 리듬 역시……."

"하지만 악기는 다르잖아. 파트 분배가 달라."

"어쩐 일이죠?"

"오보에가 연주했던 이 멜로디를 바이올린에게 맡긴다면 어떤 현상이 벌어지는지 보고 싶었어."

비발디 신부님은 이야기를 계속하기 전에 내 눈을 보았어요.

"우리가 이 멜로디를 이런 식으로 연주하더라도 네 생각은 아직도 변함이 없니? 음악의 소재가 되는 대상을 우리 안에서만 찾을 필요는 없다. 우리는 할 수 있는 한 그 대상이 세상에서 빛을 보도록 노력하고, 그것에 대해 끊임없이 사유하고, 끊임없이 수정하고 연주 방법을 달리할 필요가 있어."

어제 우리는 또 한 번 답사여행을 하려고 배에 올랐습니다. 사람들은 우리를 마치 말처럼 취급했어요. 탁 트인 공간에서는 말들이 미치지 않도록 빨리 달리게 해야만 하죠. 나는 처음 가 보는 어떤 섬에 도착했어요. 연로한 농부 부부가 우리에게 포도주를 제공했습니다. 수녀님들은 처음엔 반대했지만 제일 먼저 한 모금씩 시음했어요. 모래 위에서 자란 포도의 짠맛이 나는 술이었어요. 침을 마르게 하며 입안이 건조해지게 하는 술이죠. 우린 노부부를 위해 연주하고 노래했어요. 부부는 나란히 앉아 우리들의 연주를 경청했습니다. 연주가 끝나자 두 노인은 우리를 마치 마법사 보듯 대했어요.

그들은 평생을 힘들게 살아왔어요. 그런 그들이 인생이 뭔지도 모르고 오로지 나무상자에 매어 놓은 동물의 창자 위에서 손놀림이나 할 줄 아는 우리를 우러러 보았어요. 말도 안돼요. 그들은 악기를 한번 만지고 싶다고 했어요. 세상에 이처럼 이상한 소리를 내는 물건이 존재한다는 걸 그들은 몰랐었지요. 가수들의 목소리 역시 그들에게는 인상적이었어요. 늙은 부인은 콘트랄토인 세레나의 목을 가볍게 만졌어요. 내 바이올린을 보고 경탄했듯이 그녀의 목소리에도 경탄을 연발했습니다. "아, 아!……" 그녀 역시 쉰 목소리로 힘겹게 소리를 내려고 했어요. 그녀는 늙은 동물처럼 행동했어요. 그녀는 자신보다 더 우월한 존재 앞에 있는 원숭이처럼 느꼈을 거예요. 우리의 목소리 같은 음역을 가진 사람들이 노래하는 걸 들은 적이 없었을 테니까요. 어쩌면 평생 음악을 한 번도 들어본 적이 없는 저 섬 노인들에게 음악을 들려준 것이 잘한 일인지 모르겠습니다. 세상에 나와 다른 삶이 존재한다는 사실을 아는 것이 인생에 도움이 될지, 아니면 모르고 사는 게 더 행복할지 도무지 알 수 없습니다. 이미 그들에게는 다른 선택의 여지가 없는데 말이죠. 우리는 그들의 평화를 깨버렸어요. 음악이 주는 희망 따위와는 전혀 상관없이 삶을 성공적으로 살아온 두 노인은 우리들의 음악을 듣고 나서 더 슬프게 죽게 되는 것은 아닐까요.

어머니, 오늘은 레슨을 하는 날이에요. 부유한 집안의 딸들이 악기 연주법을 배우러 옵니다. 우리는 작은 연습실에서 수업을 해요. 바이올린, 쳄발로, 플루트 등등. 나는 개인 레슨을 하기엔 아직 너무 어려요. 하지만 교수법을 배우기 위해 연습실에 가야만 합니다. 레슨을 받으려고 고아원에 들어오는 소녀들은 화려한 옷이나 보석은 물론, 특이한 헤어스타일이나 향수 사용도 금지되어 있어요. 그들은 우리의 신경을 건드리지 않도록 자신을 비워야 합니다. 말하자면 정반대의 가면무도회이지요. 뭘 덧씌우는 게 아니라 반대로 떼어내는 가면무도회죠. 어쨌든 부잣집 학생들, 그들 자신만 고아원 안으로 들어오게 되는 것이에요. 저녁엔 고아원 소녀들끼리 서로 이야기를 나누어요. 심지어 소녀들은 질투심을 느끼는 자신들의 심정을 솔직하게 토로하기도 합니다. 어떤 학생이 머리를 염색한 것까지 알아낸 친구가 있는가 하면, 어떤 친구는 학생이 손톱 손질한 것도 밝혀내요. 내 친구들은 이런 세세한 점에 집착합니다. 그들은 마치 열쇠 구멍을 통해 안을 들여다보듯 염색한 머리카락 색상이나 끝을 뾰족하게 다듬은 손톱이라는 창을 통해서 다른 삶을 엿보고 다른 삶에 대해 환상을 갖는 것 같아요.

강렬한 빛깔의 머리카락, 뾰족하게 다듬어진 손톱은 고아원 소녀들에게 나쁜 영향을 줍니다. 그녀들은 화상을 입고 상처를 받아요.

나는 이런 것에 별로 신경을 쓰지 않아요. 부잣집 딸들이 치장하고 다니는 외적인 모습을 통해 고아원에 조금씩 몰래 스며들어오는 유행 따위는 두렵지 않아요. 날 걱정스럽게 만드는 건 그들이 사용하는 언어입니다.

어머니, 오늘 레슨에서 바이올린 선생인 루크레치아가 젊은 부자 소녀에게 좀 더 열정을 가지라고 말했어요.

"무엇을 가지라고요?" 학생이 물었어요.

"열정, 열정 말이야."

"열정이 뭐죠?"

"힘이야."

"팔로 힘을 주어야 해요?"

"아니, 음……."

"이렇게요?"

루크레치아는 더 이상 참지 못했어요.

"내가 말하는 건 감정의 힘이야, 근육의 힘 말고!"

"좀 더 정열을 가지라는 얘기인가요?" 귀족 소녀는 질문했죠.

"뭐라고?"

"정열이요."

소녀의 눈이 반짝반짝 빛났어요.

"사랑을 느끼는 누군가를 향해 강하게 빨려들어가는 느낌 같은 거 말이죠. 당신이 어떤 사람 곁에 있을 때 그 사람이 당신 영혼에 불을 붙이고, 당신 안에서 온갖 동요를 일으킬 때, 그리고 행복한 나른함……."

"그만두지 못해! 우린 문학수업을 하고 있는 게 아니야. 음악적으로 보다 발전하기 위해 우리에겐 정확한 용어들이 필요해. 우리의 목적은 착각을 일으키는 단어들의 섬세한 뜻을 구분하는 게 아니야."

이 시점에서 난 질문을 하고 싶었죠. 나는 이제까지 '동요'와 '나른함' 이란 단어를 들어보지 못했어요. 특히 '패션'[8]을 이런 경우에도 사용하는지 알지 못했죠. 패션은 주님의 수난을 말하는 거죠. 그분은 고통 받고 죽기 위해 산에 오르셨죠, 이건 나도 알고 있어요.

---

8) passione 정열, 수난의 뜻이 있음. passion(영)

그분은 매 걸음마다 당신 고통을 이겨내야만 했어요. 이것이 내가 알고 있던 패션이에요. 동요, 나른함, 패션,…… '사랑하는 사람 앞에서 일어나는 것들'이라고 부잣집 딸이 말했죠.

학생들은 이 안에 새로운 언어를 들여와요. 그녀들은 내가 이미 알고 있는 단어들을 이야기해요. 그러나 그녀들은 내가 아직 모르는 다른 의미로 그 단어들을 사용하는 거예요. 그녀들이 사용하는 단어는 훨씬 풍부해요. 보다 많은 것들을 경험하고 그것들을 어떻게 부르는지 알기 때문이지요. 그들은 고아원에서는 들어본 적도 없는 수많은 경험이 존재한다는 걸 알고 있지요.

나는 바이올린 마스터 루크레치아가 단호한 어조로 학생의 말을 자른 그 당시를 다시 한 번 생각해 봅니다. '우리는 단어 공부나 하자고 여기 있는 게 아니야!' 마치 단어가 죄악이라도 되는 듯이 말이죠.

어쩌면 사실 그 단어는 죄악일 수 있어요. 사랑하는 사람을 위한 동요, 나른함, 그리고 정열을 경험할 수 있다는 걸 알고 있는 지금…… 그걸 내가 이해하지 못한다 해도 난 이제 그런 사실을 알아요……. 그 부잣집 소녀가 내 안에 기대감을 심어 놓은 거예요. 존재하는 모든 말들은 기대감을 불러일으키죠.

내가 무어라 이름 불러야 할지 몰라서 인식하지 못하는 사물이 내 안에 얼마나 많이 있는지! 또한 이름을 모른다면 얼마나 많은 것을 느낄 수 없을지! 어린 시절에 대죄의 교리가 내게 미친 영향을 기억해요. '질투'라는 단어는 내 영혼 안에서 일어나고 있었던 많은 현상을 발견하게 한 말이었고, 이곳 고아원 친구들의 태도에서 많은 걸 발견하게 만들었어요. 하지만 가끔 어휘력과 삶의 질은 비례하는 것인지 자문합니다. 이곳에서는 말을 깊이 있게 느낄 수 없어요. 난 추상적인 삶을 살아가요. 말들은 마치 파리처럼 내 머리 주변을 빙빙 돌지요. 윙윙거리며 소리를 내지만 난 그걸 잡을 수가 없어요. 그 말들을 잡았을 때 그것들은 이미 죽어 있어요. 다른 사람 입에서는 말이 어떻게 변하는지, 말은 진실로 무슨 의미를 갖는지 알 수 없습니다.

말은 빈 조개껍데기 같은 것이죠. 하지만 난 조개가 그 껍데기 안에서 어떻게 있었는지 알지 못해요.

말은 존재하는 것을 지각하는 수단입니다.

말은 우리가 감당할 수 없는 욕망과 기대를 갖게 하는 형벌과도 같은 것입니다.

배를 타고 답사여행에서 돌아오다가 수로에 들어서자 물색이 변하는 걸 알 수 있었습니다. 하늘을 보았지만 구름 한 점 없고 평온한 날씨였어요. 물은 암녹색에서 노랗게 변하다가 다시 갈색, 진홍색으로 변했습니다.
"무슨 일이죠?"

우리는 걱정스럽게 물었어요.

"피 같아요."

"이처럼 많은 피가?"

배는 넓은 수로로 접어들었어요.

"너희는 이렇게 큰 운하를 피로 채울 수 있다고 생각하니?"

"그렇다면 이 악취는?"

"피가 맞아."

"저기를 보거라."

"도살장이잖아, 가축도살장!"

내일은 추기경이 우리 음악을 감상하러 올 것입니다. 추기경은 고아원 운영위원회 의장이죠. 좋은 모습을 보여 줄 필요가 있어요. 우리는 항상 좋은 모습을 보여 주어야 합니다. 우리는 각자 자신의 자리를 지키면서 우리들에게 부여된 의무를 다해야 되지요.

비발디 신부님은 우리 모두가 참여하는 협주곡을 작곡했어요. 만돌린, 비올라, 플루트, 오보에, 몇 달 전부터 첼로를 만지기 시작한 어린이들까지 참여하는 협주곡이죠. 어린이들만이 연주하는 아주 짤막한 부분도 있습니다. 몇 초 동안 그들을 보여 주기에 충분한 몇 소절이죠. 이상한 협주곡이었어요. 우리 모두를 한 명씩 혹은 그룹별로 이 곡을 연주하게 합니다. 홀 한쪽 구석에서 몰아치다가 예고 없이 반대쪽에서 불어오는 변덕스런 돌풍 같아요.

어머니, 오늘밤도 난 당신을 만나려고 이곳에 왔습니다. 잠을 이

룰 수가 없어요. 어린 첼리스트들을 생각했어요. 아이들은 내일 추기경과 고아원 운영위원들 앞에서 연주하게 될 몇 소절들을 머릿속으로 외우고 손가락을 움직이며 연습하고 있을 거예요. 아마 그들 역시 잠을 못 이루겠죠. 우리 모두는 저마다 걱정을 가지고 있어요. 그럼에도 내 걱정이 다른 사람들의 걱정보다 더 중요하다고 생각하는 난 누구죠?

추기경과 고아원 운영위원들을 위한 사적인 연주에서 난 첼리스트 어린이들 옆에 앉았어요. 그들은 자신들의 순서가 오기만을 기다리고 있었습니다. 질풍 같은 음악이 자신들을 통과하는 순간을 매우 불안스럽게 기다리고 있었어요.

비발디 신부님은 이 협주곡의 핵심 부분인 바이올린 이중주를 나와 함께 연주하길 원했어요. 우리는 함께 연습을 많이 했기 때문에 그 부분은 악보를 보지 않고 연주했지요. 난 연주하는 느낌이 들지 않았어요. 단순히 바이올린 연습을 하고 있다고 생각했어요.

추기경은 매우 만족했습니다. 내일은 성당에서 일반 대중을 위한 연주회가 열릴 거예요.

하지만 마지막 순간 비발디 신부님은 연주회 프로그램에서 바이올린 이중주 부분을 자신이 혼자서 연주할 독주로 바꾸었습니다. 난 한 부분도 틀린 데 없이 연주를 했는데 도무지 이해할 수 없어요. 내가 잘못한 것이 무엇일까요?

오늘밤 고아원 전체가 폭발소리에 잠을 깼습니다. 우리는 비명을 지르며 침대에서 내려왔죠. 처음보다 더 강한 폭발소리가 들렸고 폭발이 계속 이어졌어요.

"무슨 일이지?"

"터키족들이야."

"뭐라고? 그들이 여기까지 왔단 말이야?" 겁에 질린 목소리로 질문이 터져 나왔어요.

"우리가 그들을 물리쳤어! 그리스 해는 다시 우리 것이야."

"창문으로 와서 봐! 도시가 축제 중이야."

우리 해군이 그리스 섬들을 탈환한 것입니다. 완전히 패배하기 직전에 우리 남자들이 필사적인 공격으로 터키군들을 물리친 것이죠. 우린 오라토리오[9]로 승리를 축하할 거예요.

비발디 신부님은 며칠 만에 오라토리오를 작곡했어요. 내 생각에 신부님은 이미 책상서랍 안에 그 곡을 갖고 있었어요. 그분은 결혼식, 장례식 등 모든 행사 때마다 음악을 준비합니다. 구체적인 요청이 들어오기 전에 미리 곡을 만들어 놓은 것이 틀림없어요. 각각의 경우에 어울리는 음악을 구분해 놓은 자료집을 갖고 있을 거예요. 자신이 만든 악보들을 모아서 한구석에 고이 모셔 두었을 거예요.

'이건 다리를 움직이고 싶은 맘이 생기는 리듬이야, 이 음악을 들으면 가만히 있을 수가 없어, 춤을 추게 되지, 저택의 무도회를 위

---

9) oratorio 음악극. 오페라와 달리 가수가 연기를 하지 않는다.

해 어떤 귀족에게 팔아야지 … 이 음악은 아주 냉담한 사람, 생각 없는 사람들도 눈물을 흘리게 하지, 증오스런 권력자의 장례식에 적합해 … 이 곡은 깡마른 군주도 위엄 있게 보이게 하거든, 누구나 그 앞에서 허리를 굽히게 해, 왕이 될 꿈을 갖고 있는 지방군주 아들이 이 음악을 살 거야 … 이 음악은 하늘에 만든 연못이야, 하느님의 영광을 드높일 거야, 난 이 음악을 외국인 주교에게 선물할 거야, 그러면 그는 이 음악을 유럽으로 가져가 그곳에 퍼뜨리겠지.'

비발디 신부님이 자신의 모든 느낌을 음악으로 바꿔서 들려주면 사람들은 열광해요. 그들은 흥분하고, 감동하고, 눈물을 흘리죠. 비발디 신부님이 어떻게 자신들의 행복한 느낌 혹은 슬픈 느낌을 표현할 수 있었는지 깜짝 놀라요. 사실 신부님은 자신의 영혼을 정상적으로 관리했을 뿐이에요. 그분은 나날이 고통을 받기도 하지만 만족감을 느끼기도 해요. 자신의 고통과 만족에 대해 성찰하고 그것들을 오선지 위에 옮겨 쓰며 일상적인 내적 드라마와 기분을 고객들에게 제공합니다. 고객들은 그것들을 자기 영혼 안에서 보편적인 예술적 경험으로 받아들이지요. 그 대가로 그들은 상당한 값을 지불합니다.

우린 민족을 구하기 위해 적장에게 자신을 바친 유디트[10] 이야기를 노래할 거예요. 그녀는 적장 홀로페르네스에게 자신의 사랑을

---

10) Juditha Triumphans '유디트의 승리'의 주인공. 1716년 비발디가 작곡한 4개의 오라토리오 중 하나로 유일하게 전해지는 곡

바치는 것처럼 위장하고 그의 막사로 들어가서 그의 목을 베었어요.

우린 무대가 없는 오페라를 올릴 거예요. 청각 전용 극장에서 가수들은 목소리로 만들어진 의상을 입을 예정입니다. 그들은 금속 창살 뒤에서 노래하고 늘 그런 것처럼 모습을 드러내지 않아요. 오로지 그들이 부르는 노래의 음색만으로 등장인물의 성격을 들려줄 것입니다.

* * *

"안 자?"

"누구시죠?"

"무슨 일로 여기까지 왔지?"

"우연히 오게 되었어요."

"그 말 믿어도 될까?"

"잠이 안 와서요. 전 잠을 못 자요."

"여기로 오겠니? 춥겠다."

"춥지 않아요. 난 이 벽에 기대고 있어요. 이 벽 안에 굴뚝의 통로가 지나고 있을 거예요, 항상 따뜻해요."

"그러고 보니 여길 잘 알고 있구나."

"제게 원하는 게 뭐죠?"

"네가 원하는 것과 같아. 함께 이야기를 나누고 고독에서 조금이라도 벗어나는 것이야."

"당신은 저를 놀라게 하셨어요."

"내가 잘못한 게 뭐지?"

"당신은 내 죽음이 아니군요."

"무슨 말을 하는 거야?"

"친구일 수도 있고, …적일 수도 있는 누군가를 말하는 거예요."

"이해할 수 없군."

"그게 누구였다고 말하기가 난감하군요. 시도 때도 없이 제게 나타나던 여인이 있었어요. 그런데 얼마 전부터 보이지 않아요."

"뱀으로 이루어진 머리카락을 가졌지?"

"네, 검은 머리카락을 가졌는데 서로 꼬여 있었고 움직였어요. 살아있었다고요……."

"그런 괴물보다 내가 더 무서워?"

"전 이미 그녀에게 익숙해져 있거든요."

"내겐 그렇지 않아?"

"여기서 뭘 하시나요?"

"내가 네게 물어볼 말이야. 너는 여기에 접근하지 말아야 해. 더구나 이 시간에!"

"그러면 당신은?"

"난 어느 때나 들어오고 나갈 수 있어. 당연한 얘기지만 넌 고아원 안의 제한된 장소에만 있을 수 있지. 넌 방으로 들어가는 편이 나을 거야."

"아무도 우릴 발견하지 못할 거예요."

"네가 어떻게 확신할 수 있어?"

"전 걷기 시작할 때부터 이곳에 오곤 했어요."

"마침내 진실을 말하기 시작하는구나."

"제가 모든 걸 말해도 되는지 알 수 없었어요."

"그런데 여기서 뭐하는 거니?

"제가 무엇을 하지 않느냐고 묻는 건가요?"

"이해가 안 돼."

"침대 위에서 밤새도록 뒤척이며 잠 못 이루는 대신에 이곳에 와요."

"너도 역시?"

"전 당신이 미사를 집전하는 모습을 봤어요."

"내가 미사를 집전했다고? 언제?"

"일 년 전에. 당신이 고아원에 도착한 지 며칠 되지 않아서죠. 당신은 어둠 속에서 미사를 집전했지요. 혼자서 말이에요, 아직 어두울 때였어요. 얼마 후 당신은 몸 상태가 안 좋아졌어요."

"그 미사는 연극이었어."

"뭐라고요?

"수녀님들의 환심을 사기 위해서야. 그 후로 수녀님들은 날 마치 병아리처럼 다루고 내게 항상 관심을 기울이지. 자식이 없는 여인들에게 엄마의 느낌을 갖도록 동기를 부여하는 것보다 더 좋은 방법은 없어."

노래하는 친구들은 흥분했습니다. 그녀들은 '오라토리오 쥬디

타' 의 주인공 배역에 선정되길 기대했습니다. 비발디 신부님은 가
장 적합한 인물을 찾기 위해 모두에게 각각의 파트를 시켜보았죠.
오디션 때 친구들이 보여 줬던 지나친 경쟁을 난 이해할 수 없었어
요. 그들은 질투를 느끼지 않는 척했지만 비겁하게 서로를 공격했
습니다. 난 그들을 비난하진 않지만 마음이 아파요.

어머니, 난 끔찍한 한 가지 사실을 알게 되었어요. 어제 막달레나
와 함께 우리가 준비하고 있던 오라토리오 이야기를 했어요. 우리
에겐 유디트와 홀로페르네스가 화제였습니다.
그런데 이 도시에는 유디트처럼 사는 여인들이 있다고 해요. 하
지만 그 여인들은 동족의 안녕을 위해 적장 막사에 들어가 자신을
희생한 유디트와는 질적으로 다릅니다. 그들은 돈을 위해 자신을
팔고, 이런 성매매로 원하지 않는 아이들이 태어난다고 합니다. 이
아이들은 엄마 뱃속에서 질식되어 죽거나 독약으로 살해된다는군
요. 태아가 아직 작은 벌레만할 때 쇠로 된 도구를 사용해 낙태시킨
대요. 아니면 태어나자마자 버려지거나…….
태어난 아기들은 고아원에도 버려진대요.

나도 이런 아이들 중 하나인가요? 어머니, 나는 동전 한 닢의 대
가로 태어난 딸인가요?

'오라토리오 유디트' 는 비발디 신부님의 또 다른 웃음거리가 될

거예요. 우리는 오케스트라와 함께 군대 전체를 연기해야만 하죠. 가수들은 여자에 굶주린 전사들이 되어야 합니다. 우리가 반주를 하고 아니타가 홀로페르네스의 노래를 연습할 때 난 그녀의 얼굴을 보고 웃음이 터지는 걸 억지로 참았어요. 아니타는 피를 뿌린다는 것이나 매일 밤 부하들이 데려오는 아가씨들과 만취가 되는 대장이 뭐하는 사람인지 전혀 아는 바가 없어요. 그녀는 눈매가 무서운 얼굴을 하고 얼굴 전체가 붉어져요. 그녀는 방탕을 해학적으로 그린 풍자화 같아요.

그녀를 보고 웃는 나 역시 부정에 대해서는 더욱 몰라요. 어머니, 내가 부정을 모르기에 당신이 용서가 안 되는 것입니다. 당신을 비롯하여 너무 친절하게 나를 대하는 이 고아원의 어떤 누구도 용서할 수 없어요. 난 당신 때문에 부정을 모릅니다. 그걸 받아들이지 않는 길을 선택합니다.

비발디 신부님은 군대, 칼, 말의 역할을 해내는 것만으론 부족한지 일을 복잡하게 만들어요. 그는 새로운 악기를 가져 왔습니다. 입으로 부는 악기였어요. 그 악기를 유디트의 배역과 함께 듀엣으로 연주하게 했어요. 유디트 배역을 맡은 마르타는 전혀 만족하지 않았어요. 악기 소리가 그녀의 목소리와 엉켜서 그녀가 부르는 노래 소리를 구분하기가 힘들다고 해요. 실제로 새로운 악기는 그녀의 목소리보다 훨씬 아름다웠어요. 난 차라리 악기가 우리들의 목소리를 대체하고, 이 불필요한 열정, 이 모든 정열, 이 고통을 제거하여 물질이 우리보다 중요하게 되는 날이 오기를 바랍니다.

오라토리오 공연은 성황리에 끝났어요. 청중은 감동하고 열광했습니다. 국가는 위기에서 구해지고 침입자는 추방되었어요. 유디트와 홀로페르네스 이야기를 통해 귀족들과 사제들은 뜨거운 열기 속에서 다른 사람들이 치른 전쟁을 다시 돌아보았죠. 성당에는 우리 군대 대장인 독일 사람과 그의 참모들, 우리가 공연으로 축하한 그 전쟁에 실제로 참가했던 모든 남자들이 참석했어요. 그들이 우리들의 화음을 듣는 동안 전쟁의 포화를 기억하며 어떤 생각을 떠올렸는지는 아무도 모르죠.

귀족들은 가수들을 직접 만나도 좋다는 약속을 받아냈어요. 당연히 운영위원들과 추기경이 동석한 가운데 그녀들을 만나야 하죠. 소녀들은 절망했어요. 그녀들은 자신이 추하게 생겼다는 걸 알고 있습니다. 굴욕당할 준비를 하고 있는 거나 다름없어요. 늙은 귀족들, 자식이 있는 아버지와 어머니들은 그녀들을 둘러볼 거예요. 자식 배필감으로 그녀들을 한번쯤 고려해 보겠다는 미명 아래, 실은 자신의 호기심을 충족시키기 위해서 그녀들의 얼굴을 보려고 하겠죠. 그러나 장바닥의 암말들 같이 생긴 그녀들을 보고 당혹스러움을 감추지 못할 거예요. 여기서 나가는 순간 그녀들을 생각하며 웃음을 터뜨릴 것입니다.

귀족들이 도착했습니다. 상품들은 팔렸어요. 코가 삐뚤어진 이레네, 천연두로 얼굴이 얽힌 마르타는 이 도시에서 가장 돈이 많은 부잣집 자식들에게 시집가기로 결정되었어요. 발을 저는 카테리나도 조만간 시집을 갈 거래요.

"만족하니?" 카테리나에게 물어 보았어요.

"여기서 하루 빨리 나가고 싶었어."

"하지만 넌 어느 곳에서도 콘서트를 할 수 없을 거야. 우리가 여기서 나간다면 연주도 노래도 할 수 없어. 고아원 출신 여성들이 가수의 길을 걷는 것은 법으로 금지되어 있어."

"내가 여기서 나가는 걸 막지만 않으면 돼."

"음악을 포기하는 게 슬프지 않니?"

"난 사물의 소리를 연주하지 않고 듣고 싶어. 여기서 나가 소리를 내고 싶어, 오로지 소리만 말이야."

난? 어느 날 누군가가 내게 '당신을 원합니다.' 라고 말한다면 어떻게 할까요? 어머니, 어떤 남자가 나타나 날 데리고 간다면 당신 입장에서는 어떻게 하시겠어요?

"그들이 어떻게 결혼할 수 있죠?"

"그들 역시 한 가지 가능성을 갖고 있다는 사실을 넌 당연하게 생각지 않니?"

"그들이 어떻게 선택되었는지 이해할 수 없어요. 그녀들은…… "

"못생겼다고?"

"아니, 그게…… "

"사실을 말해도 돼. 네가 보기에 그녀들은 못생겼어. 그런 아이들

을 누군가 자기 자식의 배필로 받아들인다는 게 불가능하다는 얘기
지?"

"네, 그래요."

"난 말할 수 있어. 내 음악이 그녀들의 모습을 바꾸어 놓았고, 그
녀들을 아름답고 갖고 싶은 존재로 만들었어."

"하지만……"

"그래, 하지만 너와 나는 그게 거짓말이라는 걸 너무 잘 알고 있
어. 멋진 거짓말이지."

"그렇지만 어쨌든 거짓이잖아요."

"소녀들을 결혼시키기 위해 음악을 작곡한다고 말할 수도 있겠
지."

"따라서, 어떤 의미에서는……"

"내가 뚜쟁이라고?" 비발디 신부님은 웃었어요.

"그렇게 말하려는 건 아니었어요."

"네가 그렇게 생각했잖아."

"신부님이 제게 그런 암시를 주셨잖아요."

"네 말이 맞다. 하지만 교육을 잘 받은 그녀들은 사회에서 좋은
모습을 보여 줄 수 있어서 선택되었다는 걸 명심해."

"마치 전시할 물건처럼 말이죠."

"그녀들이 매력이 없고 출신이 천하다는 사실은 오히려 시집에서
그들의 자리를 지키는 데 도움이 될 거야. 그건 내가 보증하지."

"하지만 그 남편들은 이런 아가씨들과 결혼하는 것에 만족할까

요?"

"그들이 모두 젊고 부자라고 생각하니? 그녀들은 늙은 홀아비나 서자들의 신부가 된단다."

"왜 서자들이 존재하는 걸까요?"

"부모가 있다고 다 사랑받는다고 생각하니?"

"아니요. 하지만……"

"네가 고아라는 사실 때문에 절대로 실망해서는 안 돼."

어머니, 난 최근에 한 가지 비밀을 갖게 되었어요. 여기에 당신을 만나러 와서 계단 맨 꼭대기에 앉아 당신께 편지를 쓰려 하면 얼마 후 비발디 신부님이 나타나서 몇 분간 나와 이야기를 나눠요. 낮에 우리는 아무 일도 없는 척합니다. 뭔가 잘못된 건가요? 부적절한 일인가요? 난 아무에게도 맘을 터놓을 사람이 없지만 그런 사람을 원하지도 않아요. 당신만이 맘을 터놓을 수 있는 분이죠. 당신은 나를 불편하게 하는 모든 걸 던져버리는 침묵의 벽감이에요.

"왜 신부님은 콘서트 때 내가 신부님과 같이 연주하는 것을 거부하셨죠?"

"네가 너무 어려서야."

"하지만 연습할 때도 그렇고 운영위원들과 추기경을 위한 사적인 연주 때에는……."

"넌 너무 젊어."

"제 연주가 완벽하지 않나요?"

"그 누구도 너처럼 연주를 잘할 수 없어."

"동의해요. 제가 자만하는 건 아니지만 제 생각에는…….."

"넌 그 이상이다, 넌 놀라운 재능을 갖고 있어."

"그런데 왜?"

"어쩌면 난 널 질투하고 있는지도 모르겠어."

어머니, 오늘 비발디 신부님은 한 부분이 매우 색다르며 불협화음을 이루는 바이올린 소나타곡을 갖고 왔어요. 신부님은 태연하게 우리 중 누군가가 그 곡을 연주할 것인지 물으며, 우연인 것처럼 날 선택했어요.

"항상 틀리는 네가 적격이겠다." 신부님은 웃으면서 말했어요.

어머니, 난 신부님이 나를 위해 그 곡을 썼다고 생각해요. 적어도 날 생각하면서 말이죠. 이 점이 두려워요. 그래도 되는 일인가요? 아님 잘못된 것인가요? 이런 생각은 날 두렵게 해요. 어쩌면 이런 생각을 하는 건 내가 너무 오만해서 그럴 수도 있어요. 온 도시 사람들로부터 존경을 받는 작곡가가 한 고아 소녀를 위해 작곡했다고 착각하니 말이죠.

그분이 사제라는 것을 잘 알아요. 하지만 그분 역시 젊은 남자예요. 한 아가씨에게 호감을 가질 수도 있잖아요. 그분이 뻣뻣한 구릿빛 머리에 코가 큰 추남일지라도 말이죠. 그분에 대한 이야기를 편지에 쓰는 동안 그분 머리를 생각하니 마음이 녹아내리고 미소가 떠올라요. 이러면 안 되는데 말이죠. 당신께 고백하건대, 비발디 신부님이 천사 옷을 입으면 어떨지 상상을 해 보았어요. 그분의 날개에 난 털도 구릿빛일까? 그리고 만약 … 아, 이건 좀 심각해요. 난 이제 내 생각의 주인이 될 수 없고, 금지된 상상들이 날 괴롭혀요. 자신에게 경악을 금치 못하겠어요.

만일 내가 오만한 것이 아니고 비발디 신부님이 정말로 그 소나타를 날 위해 쓴 것이라면? 소나타에 삽입된 불협화음은 신부님이 부임하자마자 시행했던 오디션에서 등을 돌리고 우리들의 연주를 들었을 때, 내가 연주했던 바로 그 음입니다. 그러나 신부님의 음악에서는 저음부가 그 음을 받아내기 때문에 더 이상 불협화음이 아니지요. 마치 높은 데서 떨어지고 있는 사람을 양팔을 벌리고 날아올라 공중에서 받아내는 것처럼 말이죠. 떨어지던 사람은 덕분에 치명상을 입지 않아요.

어머니, 비발디 신부님이 깊은 밤 이 계단으로 날 찾아와 대화하는 일은 더 이상 없습니다. 신부님은, 우리가 뭔가 나쁜 짓을 하고 있다고 생각했는지 모르죠. 아니면 누군가 우리를 본다면 어떻게 생각할지 두려웠기 때문일 수도 있어요. 나를 생각하면서 그 바이올린 소나타를 썼다면 내가 어떤 방법으로든지 응답하기를 기대하고 있을지도 모르죠. 혹은 그는 뭔가 심각한, 너무 심각한 일을 저질렀다는 것을 깨닫고 억지로 참고 있는 중일 거예요. 불장난을 원치 않고 우리의 불꽃이 커지는 것을 피하려 하는지도 모릅니다. 어머니 난 혼란스럽습니다. 생리가 늦어지고 있어요. 임신했는지 두려워요.

어찌 된 일인지 난 알고 있습니다. 난 비발디 신부님이 나를 생각

하며 작곡한 소나타를 연주했어요. 지금 내 안에는 음악으로 그가
심어 놓은 씨가 자라고 있어요.

　난 밤에 화장실에서 배설물을 분만하는 꿈을 꿉니다.

　신생아는 처음으로 입을 벌리고 노래를 시작해요. 난 무서워서
소리를 지릅니다.

"체칠리아, 도망가지 마."

"이 자리는 내 거예요, 내가 발견한 장소지요."

"가지 마, 네게 할 말이 있어."

"신부님한테서 아무 말도 듣고 싶지 않아요."

"연습할 때, 네가 내 말에 귀를 기울이는 척한다는 걸 알았어."

"난 해야 할 일을 할 뿐이죠. 지시사항을 이행해요."

"맞는 말이지만 넌 기계적으로 해."

"신부님이 저에 대해서 만족하지 않으시니까……."

"이런 식의 대화는 그만하자. 자존심은 버리자고. 지난밤에 네게
사실대로 말하지 않았다는 걸 고백하고 싶어. 난 네게 시기심 같은
건 전혀 느끼지 않아. 사실은 … 난 너를 질투하고 있어."

"비발디 신부님! 무슨 말씀을 하시는 거죠? 당신은 사제예요."

"착각하지 마, 귀여운 아가씨. 난 너의 음악가적인 달란트에만 질
투를 느낀다는 거야. 네 재능을 대중들 앞에서 빛나게 한다면 넌 즉
시 널 원하는 사람을 만나게 될 거야. 그렇게 되면 난 널 잃게 돼.
널 더 이상 연주자로 옆에 둘 수 없을 거야."

“전 못생겼어요.”

“무슨 말을 하는 거니? 우린 너보다 훨씬 매력이 없는 못난이들을 파는 데 성공했는데.”

“왜 제 얼굴을 이렇게 뜨겁게 만드세요?”

“민감하게 반응하지 마, 농담이었어.”

“감성적인 대화는 신부님의 모습이 아닌데요.”

“맞아, 하지만 성격이 강한 한 소녀에게는 말할 수 있어. 그래서 난 네게 솔직하고 싶어. 넌 창살 뒤에 숨어서 오랫동안 나의 음악을 연주하게 될 거야. 누군가 네게 청혼하면 넌 그 청을 거절할 거구. 그렇지 않으면 난 널 대중 앞에서 연주시키지 않을 거야.”

“그에 대한 보상으로 제게 뭘 제안하시겠어요?”

“보편적인 음악이 아닌, 세상에서 가장 도취되게 만드는 음악을 연주하게 해 주지. 넌 영혼들을 밑바닥까지 흔들어 놓을 거야. 우리들의 생명이 우주의 전율과 일치하는 어떤 것에 녹아드는 점까지 말이야.”

“신부님은 마치 시인처럼 표현하시는군요. 하지만 신부님께서 의미하시는 건 감당하기 힘들어요.”

“내가 뭘 뜻하는데?”

“감옥 안의 인생이죠.”

“네 이름을 유명하게 해 줄게.”

“제 이름은 조금도 중요하지 않아요.”

“내가 널 위해 작곡한 곡을 연주한다면 네 이름은 중요하게 될 거야.”

“제 이름은 제가 아니에요. 전 제 행복을 제 이름의 행복과 바꿀 수 없어요. 이름 속에는 아무 것도 없어요.”

“네 말에 동의한다. 넌 현명하구나……. 아니, 아니야. 바로 내가 기대한 그대로 넌 현명해.”

“단지 신부님으로부터 절 방어하려고 노력할 뿐이에요.”

“그렇다면 너의 대답은 거절이지?”

* * *

어머니, 오래전부터 난 테레사 수녀님을 엿보고 있어요. 수녀님이 열쇠들을 어디에 두는지 알게 되었습니다. 언제, 얼마나 오랫동안 열쇠를 사용하는지 말이죠. 난 그 열쇠들을 30분간 훔쳤어요. 그리고 기록이 보관되어 있는 방으로 내려갔어요. 책장에서 내 기록을 찾아 한 가지 일을 했어요.

비발디 신부님은 오라토리오 ‘유디트와 홀로페르네스’를 성공시킨 연주자들을 위해 답사여행을 계획했습니다.

우린 모두 열 두 명이었고 배를 탔어요. 비발디 신부님, 몇몇 연주자, 가수들, 그리고 테레사 수녀님이었죠. 우린 목적지를 알지 못했습니다. 비발디 신부님은 우리에게 깜짝 선물을 준비해 놓았어요. 배는 다른 섬으로 향하는 넓은 운하로 들어서지 않고 섬 내부

수로를 계속 돌았어요. 세 개의 아치로 이루어진 다리 밑을 지나자 물은 붉은 색으로 물들기 시작했어요. 우린 피가 더욱 진하게 퍼져 있는 지점으로 다가갔습니다. 소녀들은 할 말을 잃었어요.

"두려워하지 말거라, 들어가자." 비발디 신부님이 말했어요. 테레사 수녀님에게는 입구에서 기다리라고 했어요.

어머니, 내가 본 것을 묘사하기가 난감하네요. 기숙사, 성당, 가면 틈으로 훔쳐본 제방들, 넓은 섬 몇 개 외에 아무도 내게 이 도시를 보여 준 적이 없었어요. 왜 이런 끔찍한 장소부터 시작을 하는 거지?

짐승들이 공포로 울부짖었습니다. 짐승들이 죽음을 모른다는 것은 사실이 아니에요. 사람들은 도살하는 방법을 통해 짐승들이 죽기 전 그들의 죽음을 알게 하죠. 인간은 짐승들이 그 사실을 알고 우리들의 운명에 공감하길 원해요. 인간은 짐승들에게 죽음을 느끼면서 죽어가도록 해요. 이보다 더 잔인한 일은 있을 수 없습니다. 아무런 이유 없이 죽어가는 존재들이 있다는 사실을 견딜 수가 없어요. 죽음을 인식하면서 느끼는 고통이 우리에게만 있는 것은 아닙니다.

칼이 자신의 심장에 꽂히려는 것을 눈치 챈 짐승이 지르는 마지막 소리를 들었습니다. 짐승의 마지막 눈빛을 보았어요. 더 이상 말을 못하겠어요. 내 말들이 공허하게 부서집니다.

"잘 보거라, 잘 봐." 사제가 우리에게 말했습니다.

"왜 우리들에게 이런 것을 보게 하지요?"

"필요한 일이다."

"이해할 수 없어요."

"나를 믿어라."

그리고 나를 데리고 다른 방으로 들어갔습니다. 화덕에는 불이 지펴져 있었으며 남자들이 서 있었고 양동이 두 개와 양 한 마리가 있었습니다.

"저들에게 가거라." 비발디 신부님이 내게 말했어요.

내가 남자들에게 가자 그들은 내 몸 주위에 가죽 보호대를 둘렀습니다. 목에서부터 발끝까지 덮는 앞치마였어요. 그들은 내게 칼을 내밀었습니다.

"그걸 잡아."

사제가 말했어요.

난 칼을 손에 쥐었어요. 한 남자가 무릎 사이에 양을 끼우고 움직이지 못하게 잡았습니다. 그가 양 머리를 잡아 뒤로 제치자 양의 목이 훤히 드러났어요. 그는 내게 신호를 보냈습니다.

"안 돼!"

난 소릴 질렀어요.

"해야 돼!"

비발디 신부님이 말했습니다. 그의 목소리가 아주 가까이 있었어요. 난 돌아섰습니다. 그가 내 어깨 뒤에 서 있는 걸 보았습니다. 그의 손은 내 손목을 잡고 칼날을 동물의 목으로 가져갔어요.

"어서 찔러, 네가 해야만 해."

비발디 신부님이 말했어요. 난 눈을 감고 양의 목을 베었습니다. 칼날이 매끄럽게 미끄러져 가는 금속성 소리, 칼날이 예리하게 살을 파고들어가는 소리를 들었습니다. 피부가 견뎌내지 못하자 칼은 마치 활이 현을 미끄러져 가듯이 부드럽게 파고 들어갔어요. 짐승은 슬픈 소리를 냈습니다. 내가 연주하려던 것은 이런 것이 아니었습니다, 정말 아니었습니다.

"이제 눈을 뜨고 그걸 봐."

내 손 위로 뜨거운 액체가 분출되는 걸 느꼈습니다. 난 마치 달구어진 쇳덩어리에 손이 타는 거 같아 손을 뒤로 뺐습니다.

왜 내게 이런 일을 하게 했을까? 왜?

어머니, 난 이 시간 이후 당신을 만나러 여기에 오지 않을 거예요. 당신에게 더 이상 편지를 쓰지 않을 것입니다.

어머니, 내 마음 속에서 작곡한 음악을 마음으로 연주하며 성모님께 바치기 위해 더는 밤에 성당에 가지 않습니다. 어둠 속에서 계단 꼭대기에 앉아 있기 위해 그곳에 가지 않습니다.

난 불편한 만남들을 갖지 않을 것입니다. 당신은 그게 누굴 말하는지 아실 겁니다. 하지만 어머니 당신을 두고도 하는 말입니다. 착각하지 마세요. 당신과의 만남도 불편한 만남입니다. 가장 불편한 만남이지요, 당신은 결코 오지 않을 것이기 때문입니다.

밤에 난 침대에 누워 있다.

난 불안에 대해 무방비 상태이다.

내 죽음이 돌아왔다. 그녀가 필요하다고 느낄 때면 항상 찾아올 정도로 그녀는 친절하다. 그녀는 더 이상 아무 말도 하지 않는다. 내 눈을 응시하고 입을 벌리고 괴성을 지른다.

연습 때 난 비발디 신부님과 눈을 맞추지 않아요. 지시를 받고 따를 뿐이에요. 내게 전해지는 말들은 곧바로 행동과 몸짓, 실행으로 옮겨집니다.

'당신은 제게서 무엇을 원하나요? 제가 기도하거나, 혹은 연주하거나 아님 식사하길 바라나요? 전 여기에 있어요. 제가 어떻게 숨을 쉴 수 있을까요? 어떻게 생각해야만 하죠? 당신이 말해 주세요. 당신이 나를 생각해 주세요. 저를 저 자신으로부터 완전히 벗어나게 해 주세요, 부탁이에요. 자신을 더는 알고 싶지 않아요. 당신이 원하는 모든 걸 가지세요. 당신을 저와 대체해 주세요. 저를 현재의 당신이 되게 해 주세요. 가장 위대한 자비행위가 될 거예요. 당신과 저에 대해 단 한 번의 행동으로 저를 해방시킬 거예요.'

"신부님께서 도착하기 전에 바이올린들을 검사했습니다. 현이 낡으면 제게 말씀해 주십시오."

"우리는 현을 자주 갈지 않는 데 익숙해져 있습니다. 절약을 위해

서죠.”

“몇 개는 너무 낡아서 제가 그냥 교체했습니다.”

비발디 신부님은 내게 내 바이올린을 건넸어요. 동물의 내장으로 만든 새 현이 끼워져 있었죠. 가장 고음을 내는 현이었어요.

“양 내장으로 만든 거야, 바로 그 양.”

그는 내 눈을 보며 작은 소리로 말했어요.

“네 손으로 획득한 것이니 이제 넌 연주할 권리가 있어.”

어머니, 당신께 설명하기 힘든 일주일을 보냈습니다. 내가 아는 사실은 며칠 동안 내 바이올린을 만지고 싶지도 않았다는 거예요. 음악을 더는 알고 싶지 않았어요. 난 침묵했고 아무에게도 말을 건네지 않았어요. 그를 만나고 싶지도 않았어요. 수녀님들은 당혹스러워 하셨지만 너무 심각하게 생각지는 않았어요. 이미 내 변덕스러움에 익숙해져 있었거든요. 그분들은 내가 단지 변덕스럽기만 한 것은 아니라고 알고 있죠. 테레사 수녀님은 날 부드럽게 대하려 최선을 다했어요. 그분 목소리가 멀리서 들리면 내게 무슨 말을 하는지 알아들을 수 없었지만 사랑스런 목소리라는 것은 느낄 수 있었죠.

일주일 후 난 내 악기를 팔에 끼고 연주하기 시작했습니다. 한번 시작하면 멈추지 않고 연주했어요.

비발디 신부님은 날 내버려두라는 지시를 내렸어요. 내가 아무런 신경도 쓰지 않도록, 적어도 나에 대해 그렇게 말했대요. 사람들 말로는 내가 깊은 밤 바닥에 쓰러질 때까지 연주했다고 해요. 내 얼굴은 무섭고 두려웠대요. 또한 엄숙한 표정을 지으며 난 울고 있었대요. 내 연주를 듣는 사람들도 함께 울었다고 합니다. 내가 간절히 사랑하던 사람이 죽었는지, 이 모든 비감이 어디서 오는 건지, 내가 되새긴 고통스럽고 치유할 수 없는 것이 무엇인지 사람들은 물었대요. 이 모든 얘기들은 사실이에요. 친구들이 수없이 들려주었고 테레사 수녀님도 확인해 주셨어요.

어머니, 이 편지가 당신께 쓰는 마지막 편지입니다. 난 고아원을 탈출했어요. 남자로 변장하고 배에 올라탔어요. 당신이 바람지도를 통해 내게 무슨 말을 하고 싶었는지 알았습니다. 당신이 방금 태어난 나를 고아원 벽감에 두었을 때 나는 초록색 옷을 입고 있었어요. 그 초록색 옷은 임신한 당신의 옷을 의미해요. 나를 가진 당신의 배를 가린 헐렁한 옷이겠죠. 따라서 당신이 내게 지시하고 있는 방향은 반대예요. 내게 없는 나머지 바람지도 반쪽, 하늘색 삼각형 바늘들, 바다, 하늘이지요. 난 이렇게 추측했어요.

우리는 그리스 섬들을 향해 가고 있습니다. 나는 얼마 전 서고에 몰래 들어가 나의 기록이 담긴 봉투에서 신표를 훔쳤어요. 당신이 남긴 바람지도의 반쪽. 오늘밤 정확한 방향을 안내하고, 우리들을 운명이 기다리는 곳으로 데려다 줄 조류 안내자이길 바라며 난 그것을 바다에 버렸어요. 당신께 마지막 편지를 쓰고 나면 이 종이도 역시 버릴 것입니다.

난 배의 난간 위로 머리를 내밀었어요. 지금은 난간이 활짝 열렸어요, 내 앞에 더 이상 금속 창살은 없습니다. 지금 난 내 생애에서 한 번도 해 본 적이 없는 일을 하고 있어요. 귀를 막고 얼굴을 하늘로 향한 채 별을 응시하고 있지요. 듣지는 않고 보기만 합니다. 내 머리 위에는 그 어떤 천장도 없어요. 기록 봉투에 있는 내 신표를 성모마리아 아이콘으로 대체했습니다. 그 아이콘은 잘리거나 찢기지 않았으니 신표의 반은 존재하지 않아요. 그것은 종이로 만들어진 신표가 아니고, 살과 뼈로 이루어진 '나'의 전부이며, 자신을 다시 찾은 '나'이고, 지금 내 운명을 만나러 가는 '나'이기 때문입니다.

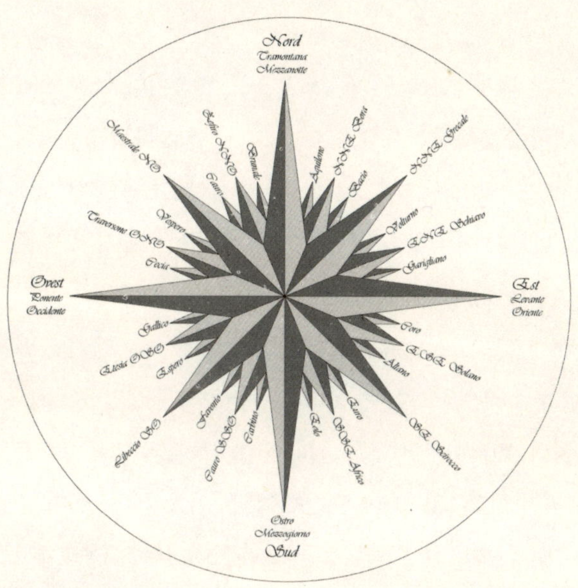

Nord
Tramontana
Mezzanotte
Est
Levante
Oriente
Ovest
Ponente
Occidente
Ostro
Mezzogiorno
Sud

서대원

이 소설은 역사적 사실을 배경으로 쓰인 작품이다. 소설의 배경은 1700년대 베네치아 공화국을 무대로 하고 있다. 당시 바로크 음악의 거장이었던 안토니오 비발디와 그의 작품들, 그의 음악을 연주했던 피에타 고아원과 고아소녀들이 이 작품의 소재이다. 이 작품은 일관성 있는 줄거리가 전개되는 것이 아니라 주인공이 자아를 발견하기까지 겪는 내면의 세계가 서간문 형식으로 묘사되어 있다. 형식면에서는 화자인 주인공이 미지의 어머니에게 보내는 서간문 형식 외에 주인공의 분신인 죽음과의 대화, 주인공의 독백, 비발디와의 대화, 기타의 인물들과의 대화 등으로 구성되어 있다. 해파리 형상으로 나타나는 죽음은 주인공의 분신이며 주인공이 죽음과 나누는 대화는 내면의 갈등을 보여주고 있다. 내용면에서는 주인공의 정신적인 고통과 어머니에 대한 애증, 비발디와 그의 음악과의 만남, 주인공이 자아를 찾아 떠나는 모습을 묘사하고 있으며 마치 열쇠구멍으로 엿보듯이 당시 고아원의 실상과 시대상, 성직자들의 삶의 모습 등 다층적인 사회의 모습을 간간히 보여준다.

피에타 고아원은 갓난아기들이 세상과 격리되어 성숙한 여인이 되어가는 비현실적이고 우울한 공간이다. 소녀들은 그리스도적인 사랑과 의

무로써 키워지며 보호받고 있지만 그런 보호가 진정한 사랑에 기인한 것
은 분명히 아니다. 주인공 체칠리아도 그들 중 하나이다. 열여섯 살 그녀
는 바이올린 연주에 탁월한 능력이 있다. 음악은 그녀의 자유이고, 그녀가
그곳을 벗어나서 비상하고 세상을 보고 살아가는 방법이지만 그녀는 아
직 그걸 발견하지 못한다. 주인공이 금속망 뒤에서 다른 소녀들과 함께 연
주하고 그 누구로부터 인정받지 못하는 사실은 그녀에게 그리 중요하지
않다. 중요한 것은 음악이 존재하고 자신의 손을 통해 표현된다는 것이다.
바이올린은 청중들을 감동시키고 자신의 정체성을 확인하기 위해 그녀가
소유하고 있는 유일한 수단이다.

　어머니로부터 버림받아 생긴 트라우마로 그녀는 철저하게 자신 안에
갇혀 살고, 상처받은 그녀의 영혼은 좀처럼 치유되지 않는다. 그녀는 상상
으로만 존재하는 어머니에게 매일 밤 자신의 고통과 희망을 설명하기 위
해 편지를 쓴다. 도무지 그릴 수 없는 얼굴을 향해 고아원의 폐쇄적인 삶
과 의무에서 해방되고 싶은 욕망을 쏟아붓는 것이다. 고아원은 외부와 철
저히 차단되어 있고 고아소녀들에게는 자유가 없기 때문이다. 피에타 고
아원의 작곡가인 줄리오 신부는 매너리즘에 빠진 무능력한 음악가이고
소녀들의 섬세한 음악적 감성 따위는 안중에도 없다. 그와 그의 음악은 그
녀의 숨통을 더욱 막히게 한다. 게다가 소녀들을 관리하고 있는 수녀들은
소녀들의 감수성이나 여성성 따위는 아예 무시한다. 이러한 환경적 요인
으로 그녀는 어둠 속에서 살아가고 그녀의 음악적 재능은 빛을 보지 못한
다. 그녀를 둘러싸고 있는 어둠의 농도가 얼마나 짙은지, 그 어둠이 그녀
의 영혼에 얼마나 깊게 뿌리내리고 있는지 알 수 있다. 그녀의 고통은 너
무 처절하여 그 고통으로부터 벗어날 희망이 없어 보인다. 감수성이 한창

예민하고 자유롭게 자신의 꿈을 펼쳐갈 나이의 소녀에게 틀에 박힌 삶과 자유의 구속은 형벌과도 같다. 그들은 자신의 얼굴조차 고아원 식구들 외 다른 사람에게 보여주는 것이 금지되어 있다.

실제로 피에타 고아원에 버려진 여아들 중에는 사생아들도 있었지만 얼굴이 기형이거나 장애를 갖고 있어 버려진 경우도 많았다. 그들이 연주하는 발코니가 금속망으로 차단되고 그들이 외출할 때 가면을 쓸 수밖에 없었던 슬픈 이유이기도 하다. 그녀들은 자유를 구속받고 그녀들 스스로가 속박의 원인을 제공하는, 가혹한 운명의 소녀들인 것이다.

절망밖에 보이지 않던 주인공에게 서서히 빛이 비춰진다. 그 빛은 처음엔 미약하지만 점점 활활 타오른다. 그 빛은 그녀의 현재와 미래를 비쳐주고 그녀에게 길을 보여준다. 그 빛은 그녀를 끊임없이 괴롭히는 죽음의 망상을 벗어나게 하며 무가치한 존재의 사슬에서 그녀를 해방시킨다. 빛은 안토니오 비발디로 의인화되어 있다. 그녀의 삶은 비발디를 만나기 전과 180도 달라진다. 그동안 자신 안에 갇혀 살았던 그녀는 비발디 앞에서 자신의 존재를 드러내기 시작한다. 동시에 그에게서 자신과 같은 고통, 고통스런 삶, 포기를 발견하고 그와 정신적인 일치감을 느낀다. 비발디는 그런 그녀에게 자아를 발견하도록 동기를 부여하고 용기를 준다. 체칠리아는 비발디와 교감하며 음악에 대한 열정을 갖게 되고 자신의 정체성에 대해 고민하게 된다. 한편 비발디는 그녀에게서 영감을 받아 불후의 명작 '사계'를 작곡한다. 또한 그는 그녀를 위해 바이올린 소나타를 작곡한다. 마침내 주인공 체칠리아는 비발디의 음악을 통해 자아를 발견하고 자신의 모든 과거와 결별하고 자유를 찾아서 고아원을 탈출한다.

역사적으로 보면 비발디는 피에타 고아원의 바이올린 선생으로 있으면서 많은 곡들을 썼고 그 곡들을 소녀들에게 연주하게 했다. 비발디가 작곡한 협주곡들의 아름다운 선율에는 버림받은 소녀들의 슬픈 운명이 숨겨져 있는 것이다.

작품의 전반을 흐르는 사상적 배경은 그리스도 사상이다. 이 작품의 원제인 스타바트 마테르(STABAT MATER)가 암시하듯 주인공의 극심한 고통을 성모의 고통에 비유하고 있다. 스타바트 마테르는 라틴어로 '어머니가 계셨다'는 뜻으로 성모의 고통을 주제로 만들어진 기도문이다. 이 기도문을 소재로 비발디를 포함한 많은 거장들이 곡을 썼다. 마리아가 당신 아들 예수가 십자가 위에서 죽을 때 그 자리에 있었음을 나타내는 말로 어머니의 극심한 고통을 뜻한다. 하지만 그 고통은 일반적인 고통과는 다르다. 당신 아들의 죽음이 인류 구원을 위한 것이었기 때문이다. 이 소설에서 주인공 소녀의 고통과 성모의 고통은 맥을 같이 하고 있다. 성모의 고통이 헛된 것이 아니듯 소녀는 극한의 고통을 통해 자아를 찾게 된다.

이 소설 끝 부분에서 주인공이 양을 칼로 찔러서 죽이는 행동에는 상징적인 의미가 있다. 구약성서에서 양은 이스라엘 민족이 이집트에서 탈출하는 파스카의 신비를 나타내고, 신약에서 양은 그리스도를 상징한다. 희생과 구원을 상징하는 것이다. 이 작품에서 양은 주인공이 자신의 어두운 과거의 고통과 구속에서 벗어나고 자아를 찾게 되는 전환점의 의미를 지니고 있다. 이 책을 옮기면서 내게 다가왔던 느낌들이 독자들에게도 생생하게 전달되기를 기대한다.

음악평론가 진회숙

이 소설의 원제인 〈스타바트 마테르(Stabat mater)〉는 중요한 교회음악 양식 중 하나이다. 우리말로 '눈물의 성모' 혹은 '슬픔의 성모'라고 하는데, 십자가에 못 박혀 죽어가는 예수를 바라보는 성모 마리아의 모습을 그린 라틴어 텍스트에 곡을 붙인 것이다. 〈스타바트 마테르〉는 가톨릭 교회에서 성모 마리아 기념일 미사와 예수의 수난과 죽음을 묵상하는 사순절, 그리고 십자가의 길 예절 행렬에서 불려지는데, 제목은 노래의 첫 구절인 "비탄에 잠긴 어머니가 서 계셨네 Stabat mater dolorosa"에서 나온 것이다.

그 동안 팔레스트리나, 비발디, 하이든, 페르골레지, 로시니, 드볼작 등 많은 작곡가들이 〈스타바트 마테르〉에 곡을 붙였다. 텍스트의 전반부는 십자가에 못 박힌 예수를 바라보는 성모 마리아의 모습을, 후반부는 성모 마리아와 고통을 나누려는 인간의 종교적 결의를 그렸는데, 비발디는 성모 마리아의 고통을 부각시킨 전반부 텍스트에만 곡을 붙였다.

비발디는 〈스타바트 마테르〉라는 교회음악을 작곡하면서도 예수의 희생으로 인한 인간의 구원보다 죽어가는 아들을 바라보아야 하는 어머니의 인간적인 고통에 더 주목했던 것 같다. 그래서 텍스트의 전반부에만 곡을 붙인 것이 아닐까. 같은 시대에 활동했던 요한 세바스찬 바흐의 〈마태

수난곡〉처럼 비발디의 〈스타바트 마테르〉 역시 종교의 옷을 입은 세속비가의 느낌을 준다.

다른 작곡가의 〈스타바트 마테르〉가 독창, 중창, 합창, 오케스트라의 호화진용을 갖추고 있는 것과는 대조적으로 비발디의 〈스타바트 마테르〉는 알토 혼자 '고독하게' 노래한다. 십자가 앞에서 혼자 그 모든 고통을 감내해야 했던 성모 마리아처럼. 비발디의 〈스타바트 마테르〉는 이 소설의 사상적 배경을 이룬다.

십자가 위의 예수님을 바라보았어요. 그분은 더럽혀지셨어요, 땀을 흘리시고 피를 흘리셨어요. 그분은 여인들처럼 피를 흘리시는 상처를 갖고 계셔요. 나와 흡사해요.

이 대목에서 알 수 있는 것처럼 그 사상적 배경의 구체적인 실체는 바로 '고통'이다. 갓난아기 때 어머니에게 버려진 채 고아원에서 살아야했던 소녀는 자신을 버린 어머니에 대한 그리움과 원망으로 고통에 찬 나날을 보낸다. 소녀는 십자가 위의 예수를 바라보며, 어머니에게 버림 받은 자신의 고통을, 예수의 고통에 빗대어 본다. 소녀 역시 예수처럼 피 흘리고 상처 입은 불쌍한 영혼인 것이다.

그러나 작가는 소녀를 그냥 고통 속에 내버려두지 않는다. 여기서 〈스타바트 마테르〉로 상징되는 비발디의 음악은 소녀에게 '상처의 치유'를 의미한다. 어머니로부터 버림받았다는 상실감에서 비롯된 소녀의 상처는, 극심한 정신적 고통 속에서도 끝내 자식을 포기하지 않는 성모 마리아의 비통한 노래를 통해 치유된다. 비발디의 음악이 소녀에게는 빛이요, 희망이었던 것이다.

　절망에 빠진 한 소녀에게 음악이라는 구원의 빛을 던져준 작곡가 안토니오 비발디. 그는 1678년 3월 4일, 당시 유럽 음악의 중심지였던 이탈리아의 베네치아에서 태어났다. 그의 아버지 지오반니 밥티스타 비발디는 베네치아의 유명한 성 마르코 대성당의 바이올리니스트로 활동했는데, 비발디는 이런 아버지로부터 음악교육을 받았다. 15살 때인 1693년부터 성직자가 되기 위한 교육을 받았으며, 그로부터 10년 후인 1703년에 사제로 임명되었다. 하지만 건강이 좋지 않아 사제로서 정상적인 일은 할 수 없었다. 전해지는 얘기로 비발디는 선천적인 천식을 앓고 있었다고 한다. 따라서 사제의 중요한 임무 중 하나인 미사를 집전하는 일이 불가능했다. 미사 집전의 임무를 면제받은 비발디에게는 고아들에게 음악을 가르치는 일이 주어졌다. 당시 베니스에는 고아나 사생아 출신의 소녀들을 데려다가 국비로 음악을 가르치는 피에타 병원 부속 음악원이 있었는데, 이 학교에서 비발디는 바이올린 교사로 일했다.

　소설의 주인공은 바로 이 고아원에 있는 소녀이다. 피에타 음악원에서는 음악에 재능 있는 소녀들을 뽑아 악기를 연주하게 하거나 노래를 시켰는데, 주인공 소녀는 바이올린 연주에 뛰어난 재능을 가진 것으로 나온다. 실제로 피에타 음악원의 소녀들은 뛰어난 실력을 갖고 있었다고 한다. 이는 장 자크 루소가 쓴 〈참회록〉을 통해서도 알 수 있다.

　이들의 음악만큼 관능적이고 감동을 주는 것은 없다. 뛰어난 기교, 정취, 아름다운 소리, 정확한 연주. 이 모든 것이 이들의 합주 속에 융합되어 독특

한 인상을 만들어낸다. 그것은 교회라는 장소로 상징되는 엄격함이 아닌, 오히려 인간의 마음을 평안하게 하고 휴식을 취하게 하는 그런 음악이다.

피에타 음악원의 바이올린 교사로 일하면서 비발디는 틈틈이 작곡을 했다. 그래서 음악교사로는 물론 작곡가로서도 널리 인정을 받았다. 비발디는 독주악기를 중심으로 하는 새로운 협주곡 양식을 정립해서 국제적인 명성을 얻었는데, 〈사계〉가 바로 이 형식의 대표작이다.

〈사계〉에서 비발디는 당시로서는 낯선 개념인 이른바 표제음악을 시도했다. 각 계절의 모습과 풍광을 묘사한 소네트(정형 서정시)에다 곡을 붙여 '음(音)으로 그린 풍경화'를 만들었던 것이다. 〈사계〉의 풍경 묘사는 매우 구체적인데, 소설에서 주인공은 〈봄〉을 이렇게 얘기하고 있다.

앞부분의 음들은 제비들이 날아오는 소리예요. 이어서 공기 중에 온기가 퍼지고 물이 얼음에서 풀려나와 도망치듯 흘러갑니다. 갑작스런 폭풍우에 새들은 노래……

비발디의 음악 속에서 〈봄〉은 새소리와 시냇물 소리, 천둥과 번개 치는 소리로 그려진다. 바이올린 주자들이 트릴을 섞어 작은 새들이 재잘거리는 소리를 내고, 악기들이 총동원되어 힘차고 강렬하게 천둥 치는 소리를 낸다. 천둥 소리 사이사이에 독주 바이올린이 번개가 번쩍이는 광경을 끼어넣는다. 점심 식사 후 양치기가 조는 모습은 느긋한 독주 바이올린이, 개 짖는 소리는 비올라가 낮은 음을 지루하게 반복하는 식으로 묘사한다.

이런 방식으로 소설은 〈사계〉의 각 악장에 딸린 소네트와 함께 이에 대한 비발디의 설명과, 이를 대하는 소녀의 느낌을 자세하게 그린다. 그런데 작가가 수백 곡에 이르는 비발디의 작품 중에서 〈사계〉를 택한 이유는 무엇일까. 가장 중요한 이유는 물론 이 작품이 비발디의 대표작이라는 데에서 찾을 수 있을 것이다. 하지만 그보다 더 근본적인 이유는 이 작품이 '글'로 설명이 가능한 묘사음악이라는 데 있다고 생각한다. 음악은 추상예술이다. 음악 자체는 아름답지만 그것을 글로 표현하는 데는 한계가 있다. 하지만 〈사계〉는 글로 설명이 가능한 구체적인 내용을 갖고 있다. 각 계절의 풍광을 그린 소네트가 있고, 그것을 묘사적으로 표현한 음악이 있다. 기악곡에 제목을 붙이는 것이 드물었던 바로크 시대에 비발디의 〈사계〉는 음악 이외 것으로 설명이 가능한 이른바 '표제음악' '프로그램 음악'의 전형을 보여준다.

비발디에게 음악을 배워나가는 과정을 통해 소녀는 놀라운 변화를 체험하게 된다.

난 이 모든 것이었어요. 바다의 폭풍우, 육지의 폭풍우, 천둥, 번개였어요. 자신을 초월해 내가 질풍노도가 되는 걸 느끼며 난 울었습니다. 내가 이처럼 많은 것으로 변할 수 있다는 것에 감동했어요. 나 자신에게 동정이 아닌 연민을 느꼈어요. 내가 단순히 나일 수 없음에 울었습니다. 나는 전혀 다른 존재, 매우 강한 존재로 변할 수 있어요. 난 더 이상 다른 것을 원하지 않습니다. '나 여기 있습니다. 난 체칠리아이고, 내 전부가 여기 있습니다.'라고 자신 있게 말할 수 있는 것으로 만족합니다.

이 부분은 어떻게 보면 소설의 핵심이라고 할 수 있는 부분이다. 비발디로부터 음악을 배워나가는 과정을 통해 소녀가 그 동안의 상처를 딛고 스스로 자기 자신의 정체성을 찾게 되었다는 것을 얘기하고 있기 때문이다. 〈사계〉에 대한 이야기가 길고 구체적으로 그려져 있는 것도 아마 이 때문일 것이다.

〈사계〉 외에 소설 속에 등장하는 또 하나 중요한 비발디 작품은 오라토리오 〈유디트의 승리〉이다. 소설에서는 〈사계〉가 피에타 음악원의 소녀들을 위해 작곡한 것으로 나오지만 사실 이 작품이 언제 어디서 누구를 위해 작곡되었는지는 알려져 있지 않다. 하지만 〈유디트의 승리〉는 다르다. 소설에 나온 대로 바로 이 피에타 음악원 소녀들을 위해 작곡했기 때문이다.

〈유디트의 승리〉는 고대 이스라엘의 여인 유디트가 조국을 위해 적장 홀로페르네스를 유혹해 그의 목을 벤다는 줄거리를 가지고 있다. 이야기 자체는 남자들이 많이 등장하는 내용이지만 소녀들을 위해 작곡했기 때문에 배역은 모두 여성들이 맡도록 되어 있다. 유디트와 그녀의 하녀 아브라는 물론 앗시리아의 장수 올로페르네와 내시인 바고아까지 모두 여자들이 부른다. 합창단도 물론 여성으로만 구성되어 있다. 피에타 음악원의 소녀들을 위해 작곡했으니 비발디로서도 어쩔 도리가 없었겠지만 주인공은 이런 넌센스를 다음과 같이 얘기한다.

우리는 오케스트라와 함께 군대 전체를 연기해야만 하죠. 가수들은 여자에 굶주린 전사들이 되어야 합니다. 우리가 반주를 하고 아니타가 홀로페르네스의 노래를 연습할 때 난 그녀의 얼굴을 보고 웃음이 터지는 걸 억지로 참았어요. 아니타는 피를 뿌린다는 것이나 매일 밤 부하들이 데려오는 아가씨들과 만취가 되는 대장이 뭐하는 사람인지 전혀 아는 바가 없어요. 그녀는 눈매가 무서운 얼굴을 하고 얼굴 전체가 붉어져요. 그녀는 방탕을 해학적으로 그린 풍자화 같아요.

〈유디트의 승리〉는 앗시리아 군인들의 합창으로 시작한다. 내용상으로는 남자군인들이 불러야 하지만 실제로는 여자들이 부른다. 여성이 남자역할을 해야 하고, 그럼으로써 어쩔 수 반감되는 리얼리티를 최대한 살리기 위해 비발디는 악기를 적극적으로 활용했다. 첫 곡 앗시리아 군인들의 합창은 힘찬 팀파니 전주로 시작한다. 그런 다음 트럼펫이 시종일관 합창과 함께 화려한 악구를 연주하는데, 이것이 그저 아름답기만 한 소녀들의 목소리를 보완해주는 역할을 한다.

〈유디트의 승리〉전곡을 들어보면, 여성의 목소리라는 한계를 극복하는 과정에서 발현된 비발디의 놀라운 창조력에 경의를 표하게 된다. 눈매가 무서운 얼굴을 하고 올로페르네를 노래하는 소녀의 친구 아니타. 소녀의 말대로 권력을 가진 남자가 밤에 무엇을 하면서 노는지 전혀 모르는 순진한 소녀가 올로페르네 역할을 하는 것은 넌센스이지만 비발디의 음악이 너무나 훌륭해서 그것을 어린 소녀들을 위해 작곡했다는 사실조차 잊을 정도다.

20세기 최고의 작곡가 이골 스트라빈스키는 비발디를 '같은 곡을 1000개 씩이나 써 갈긴 작곡가'라고 혹평했지만, 이 소설 속에 나오는 〈스타바트 마테르〉〈사계〉〈유디트의 승리〉는 그가 시대를 앞서 가는 작곡가였다는 것, 인간의 감성을 소중하게 생각한 휴머니스트였다는 것, 그리고 한계 속에서 오히려 엄청난 창조력을 발휘한 진정한 예술가였다는 것을 보여준다. 그렇게 놀라운 음악의 힘으로 그는 소녀의 상처를 치유하고, 그녀의 삶에 새로운 희망을 던져주었다.